Briefe über die dämlichsten Bewohner des Universums

Weitere Titel der Autorin:
Briefe vom miesesten Ort des Universums
(auch als E-Book erschienen)

BRIEFE über die DÄMLICHSTEN BEWOHNER des UNIVERSUMS

Übersetzt aus dem GALAKTISCHEN
von Prof. R.L. ASQUITH

Aus dem
ENGLISCHEN von
Ann Lecker-Chewiwi

Boje

FÜR LOLA BRUCE
und mit einem großen Dankeschön an meine wunderbare Lektorin Ruth Williams, meinen großartigen Ehemann John Fordham und meine liebe Agentin Rosemary Canter

Dieser Titel ist auch als E-Book erschienen

Boje Verlag
in der Bastei Lübbe GmbH & Co. KG

Die englische Originalausgabe erschien 2011 unter dem Titel »Letters from an Alien Schoolboy – Cosmic Custard« bei Piccadilly Press, London, England

Aus dem Englischen von Ann Lecker-Chewiwi

Umschlaggestaltung: Gisela Kullowatz unter Verwendung einer Illustration von Ros Asquith
Satz: Siebel Druck & Grafik, Lindlar
Gesetzt aus der Whitney
Druck und Einband: GGP Media GmbH, Pößneck

Printed in Germany
ISBN 978-3-414-82321-2

1. Auflage 2012

Sie finden uns im Internet unter: www.boje-verlag.de

Erdlinge sind nichtsnutzige Nieten, die nicht einmal einen Ball auf ihren Rüsseln balancieren können wie diese liebenswerten Wesen, die man hier Seehunde nennt. Selbst eine Packung „Chips" bekommen sie nicht auf, ohne dass sie explodiert.

ABER KEINE ANGST!

Die erwachsenen Exemplare werden schon bald verbessert. Sorgt nur dafür, dass eure Tanten, Papas, Onkel, Mamas, Lehrer und Lehrerinnen, Omas und Opas den Anweisungen auf unserer großartigen Verbesserungsmaschine folgen, die wir eigens zur Verbesserung von Erdlingen entwickelt haben. Dann werden sie verbessert wieder herauskommen, wie sie es sich in ihren kühnsten Träumen nicht hätten vorstellen können. Und das bedeutet, dass ihr, liebe Leserinnen und Leser, bis spät in die Nacht aufbleiben und Unmengen von Süßigkeiten essen dürft.

ERDLINGSKINDER – LEST DAS!
Sorgt dafür, dass ALLE Erwachsenen diesem Schild folgen. Dann werden sie VERBESSERT, und IHR bekommt GRATISEISCREME, Gratisvideospiele, FUSSBALLPLÄTZE an jeder Straßenecke und so viele Süßigkeiten, wie ihr essen könnt.
GRATIS-FITNESS-CLUB
NEHMEN SIE AB
HALTEN SIE SICH FIT
(Als Bonus gibt es noch Frieden auf Erden und jedes Haustier, das ihr wollt, dazu – auch Schlangen.)

MISSION ERDE:
TAG EINS DONNERSTAG

Dieselbe armselige Behausung
Reihe gleichartiger Behausungen
Winziges „Land" namens England
Unbedeutender Fleck namens Erde
Kleines, schummriges Sonnensystem
43. Galaxie von rechts
Virgo-Superhaufen
Immer noch am falschen Ende des Universums

wenigstens sitzen wir nicht mehr in zelle 9000 im übelsten Gefängnis des ganzen universums

Lieber Rokko,

ich habe schlechte Neuigkeiten – wir kehren doch noch nicht nach Faa zurück. Ich habe mir nichts sehnlicher gewünscht, als meine Mamas und Papas in meine sieben Fangarme zu schließen. Und ich konnte es nicht erwarten, Dich endlich wiederzusehen, mein guter, alter Freund.

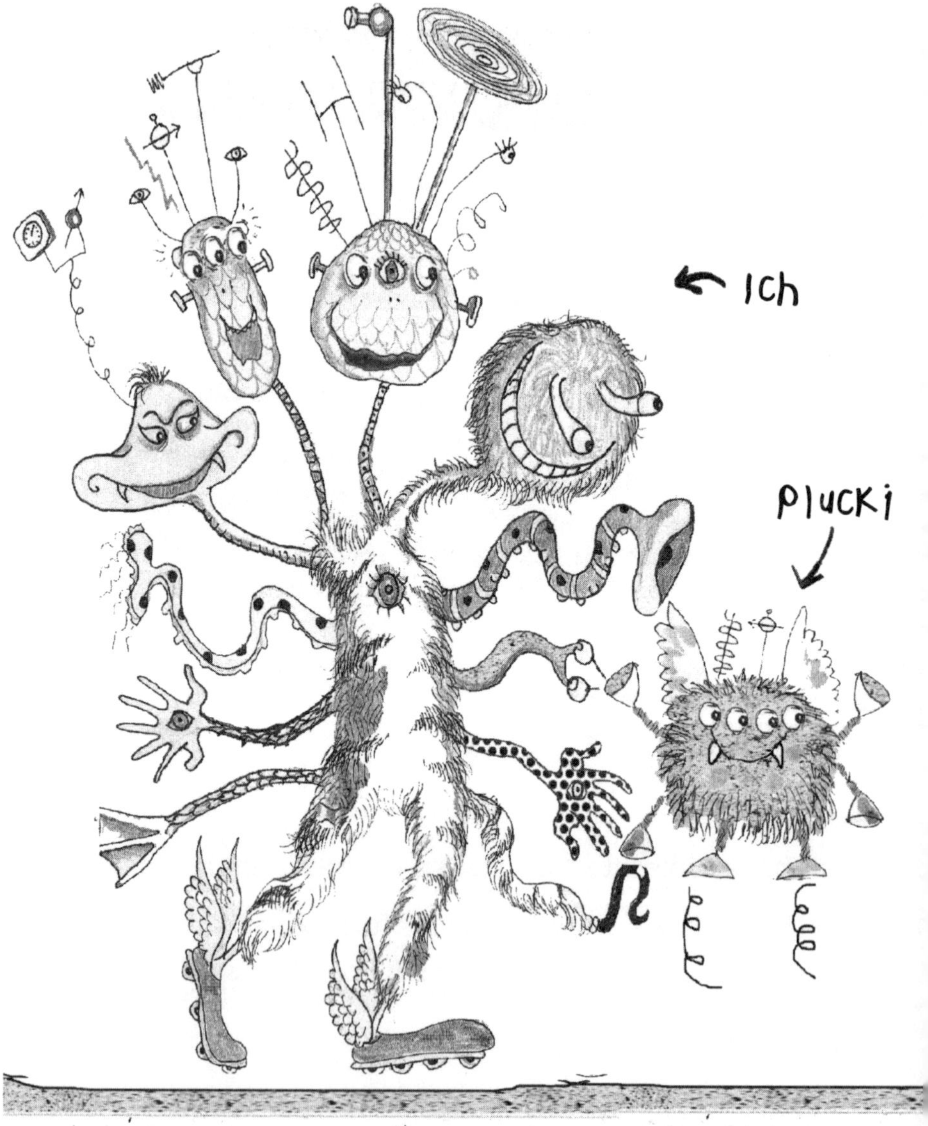
Ich
plucki

So zauberhaft habe ich mir unser Wiedersehen ausgemalt.

Stattdessen sind wir zurückgekehrt auf diesen eiskalten, miesepetrigen, alten Weltraum-Klecks Erde – am *Flarrmsnaarg* (Erdlinge sagen dazu „Po“) des Universums.

Und hier sind die ganzen Einzelheiten des Grauens:

Flugzulp, der Schlechteste Pilot Seit Dem Urknall, flog mit dem Raumschiff wie üblich weit über dem Tempolimit von drei Kazillionen Lichtjahren pro Sekunde zurück nach Faa. Ich hoffte die ganze Zeit, dass man uns nicht wegen Zu-schnell-Fliegens anhalten würde.

Da ging plötzlich der Bord-Panik-Alarm los und teilte uns mit, dass etwas nicht stimmte.

„FEINDLICHES OBJEKT IM ANFLUG! IN VIERTE DIMENSION ZURÜCKSETZEN!“, piepte unser getreuer Roboter *Bertiolrummswurfelbuntusdyoliusfluppflupp*. (Ich nenne ihn immer nur Bert.)

Flugzulp verlor total die Nerven, als er Bert hörte. Er schlug seine Saugnäpfe über die Köpfe und winselte: **„Ich ergebe mich! Sie haben mich dazu gezwungen.“**

Die Tür flog krachend auf und sechs wilde *Dobersplotzer* kamen hereingestürzt. Phosphoreszierender Schlabber tropfte

von ihren Lefzen. Unmittelbar danach folgten mehrere Zollbeamte.

Sie hielten Waffen auf uns gerichtet, mit denen man alle Deine vier Köpfe auf einmal hätte vaporisieren können.

„Bürger von Faa! Ihr habt Schande über den Namen Seiner Scheinheiligkeit, den Kaiser, gebracht! Ihr habt seine grandiose Sache verraten, und jetzt sitzt ihr bis zu den Hälsen in der Tinte."

Meine Schwester Furzina und ich versteckten uns hinter Bert und zogen Susan mit uns. Susan ist meine Erdlingsfreundin, die wir mit zurück nach Faa bringen werden.

„Wir haben Grund zur Annahme, dass sich hier an Bord ein illegaler Erdling befindet", knurrte der leitende Zollbeamte. Er entdeckte Susan, die hinter Bert kauerte, und zerrte sie nach vorne. „Ha! Haben wir's uns doch gedacht – ein kümmerlicher Erdling. Und auch noch von der schlimmsten Sorte – aus England", brummte er.

Er hielt seinen Nationalitäten-Scanner eine ganze Fangarmlänge von sich, als wäre Susan ansteckend. Dann fragte er sie in perfekter Erdlingssprache: „Wo sind deine Papiere?"

Susan leerte ihre „Taschen" (sonderbare, in der Erdlingskleidung verborgene Beutel, die Erdlinge dazu benutzen, wichtige Sachen mit sich herumzutragen). Doch ihr intergalaktischer Reisepass war nirgends zu finden.

INHALT VON SUSANS TASCHEN

„Büroklammer“

Damit heftet man ein Blatt Papier an ein anderes Blatt Papier.

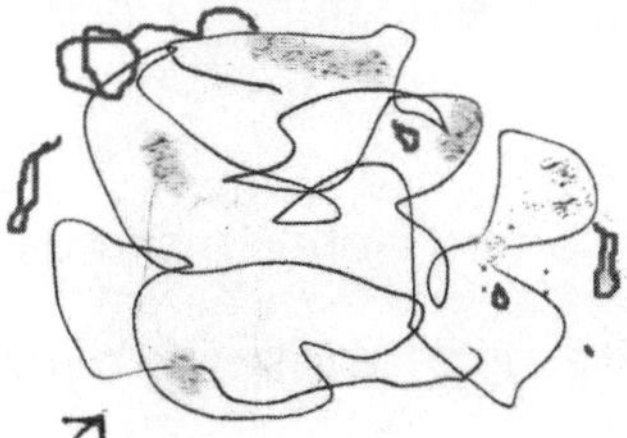

„Popeltücher“

Entschuldige, Rokko, aber im Interesse der Wissenschaft kann ich Dir diese unappetitlichen Details nicht ersparen.

„Schlüssel“

Erdlinge müssen jedes Mal, wenn sie das Haus verlassen, die Tür abschließen – für den Fall, dass andere Erdlinge ihre Büroklammern stehlen wollen.

„Fussel“ Darf in keiner Erdlingstasche fehlen. Ich bin mir noch nicht hundertprozentig sicher, wozu die gut sind. Entweder glauben die Erdlinge, dass sie Glück bringen, oder sie sind eine Art Medizin.

Schoko-„Bonbon“

„Geld“

Erdlinge lieben es über alles.

Der leitende Zollbeamte putzte die Schokolade mit seinen vier Köpfen weg und machte dabei Schlürfgeräusche wie Erdlinge beim Mittagessen.

SCHLÜRF Rülps

„Jedenfalls loche ich euch hiermit alle ein, meine lieben *Flackersnicks*", verkündete er, als er fertig war.

„Wir können alles erklären", sagte Papa und richtete sich zu seinen vollen acht Metern Körpergröße auf. „Dieser Erdling begleitet uns nur für eine kurze Stippvisite nach Faa …"

„RUHE, wenn ihr mit einem Kaiserlichen Beamten sprecht!", brüllte der leitende Zollbeamte. „Das erzählen sie alle, und dann klauen sie unsere Jobs und unsere Häuser, und im Handumdrehen sind sie überall. Der Erdling muss ausgewiesen werden." Er wandte sich an Susan. „Du bist verhaftet. Ich warne dich: Wir werden alles aufnehmen und als Beweismittel gegen dich verwenden, deine Socken eingeschlossen."

„Schicken Sie mich zurück zur Erde?", fragte Susan glücklich.

„Zuerst wirst du bestraft. Vielleicht lassen wir dich im Brunnen der Verzweiflung über die Planke gehen. Dort gibt es weder Handys noch Föhns. Es sei denn, du hast noch ein paar Kakaobrocken übrig?"

Aber Susan hatte keine Schokolade mehr. Und so steckten sie uns alle auf ihrem Raumschiff in eine schleimige Gefängniszelle.

Papa schickte den Geheimniskrämerdiensten, für die er arbeitet, eine Botschaft, um die Situation zu erklären. Er hoffte, sie würden den Zollbeamten verständlich machen können, dass wir in geheimer Mission unterwegs gewesen waren. Sie waren jedoch alles andere als erfreut.

IHR HABT NUR EINEN KÜMMERLICHEN ERDLING GEFANGEN? EURE MISSION LAUTETE, HUNDERTE ERDLINGE ZU FANGEN UND ZU VERBESSERN, DAMIT WIR SIE AUF FAA ALS SKLAVEN EINSETZEN KÖNNEN! KEHRT SOFORT ZUR ERDE ZURÜCK. GEPRIESEN SEI DER KAISER.

„Schade, es wäre ein Mordsspaß gewesen, den Erdling über die Planke laufen zu lassen", meinte der leitende Zollbeamte und bugsierte uns zurück auf unser Raumschiff.

Wir machten einen kurzen Zwischenstopp bei der Happy-Snax-Imbissbude im Helixnebel, um unsere *Koz*-Vorräte aufzustocken. (Sie sorgen dafür, dass sich unsere Erdlingstarnungen nicht auflösen, wenn wir in „Stress" geraten.) Dann schrumpften wir wieder zu Erdlingen zusammen, mit nur einem Kopf, vier nutzlosen Gliedmaßen und zwei mickrigen Glupschern.

Ich muss mich wieder als Schuljunge ausgeben, der Staubsauger Popel Norman Pudding Klo Herkules Blödian Mundharmonika Igel Coldplay Käferspray Neandertaler Seiher Junior heißt (kurz Norman Seiher). Und ich muss so tun, als hätte ich ein Hirn, das nicht einmal den Preis einer Juniortüte in einem *Flaaark*-Schnellrestaurant ausrechnen kann. Oder das auch nur die geringste Vorstellung davon hat, warum sich die Zeit krümmt.

„Es ist schön, dich wiederzuhaben", sagte Susan. „Als Fluppopo, oder wie auch immer du heißt, machst du mir echt Angst."

Ich glaube nicht, dass ihr meine vier attraktiven Köpfe oder meine Saugnäpfe gefallen haben.

Flugzulp setzte uns eine Stunde, nachdem wir die Erde verlassen hatten, wieder dort ab. Dazu verwendete er die Raum-Zeit-Koordinaten, von denen Erdlinge nicht den leisesten Schimmer haben. (Sie können nicht einmal eine läppische Sekunde in die Zukunft reisen!)

„Es ist immer noch Donnerstag!“, stellte Susan fest. „Meine Mama wird nicht mal wissen, dass ich weg war.“

Furzina richtete den Gedächtnistilger auf sie. „Und du auch nicht.“

„Jetzt, da sie die Erdatmosphäre einmal verlassen hat, wird er nicht funktionieren“, erklärte Papa. „*Was* bringen sie euch in der Schule eigentlich bei? Es wird ihr sowieso niemand glauben, wenn sie sagt, sie wäre mit einem Haufen vierköpfiger Außerirdischer in einem Raumschiff unterwegs gewesen.“

Da sind wir also wieder: zurück in unseren kümmerlichen, kleinen Erd-„Zimmern“, die „Bade“ und „Schlaf“ heißen. Erdlinge lieben ihre Zimmer mehr als ihre eigenen Kinder. Sie kaufen ihnen ständig Geschenke, wie Vorhänge (um das Mondlicht abzuschirmen) und Teppiche (um ihre Böden zu wärmen).

Erinnerst Du Dich noch daran, wie kalt es auf der Erde war? Es ist noch schlimmer geworden. Mama versucht, einen Aufwärmer mit primitiven Zweigen anzuzünden, die Erdlinge als „Streichhölzer“ bezeichnen. Sie reibt sie genauso aneinander,

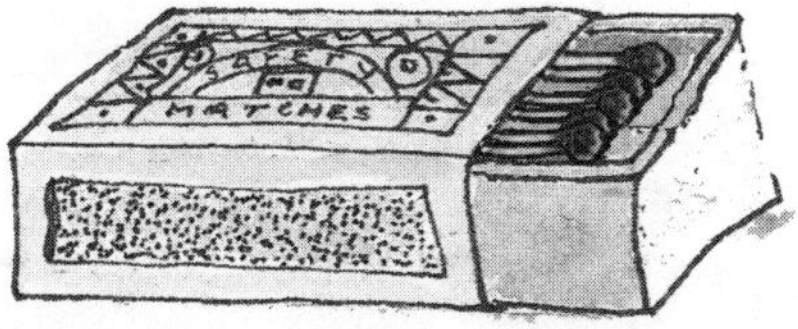

wie es Erdlingskrieger (sogenannte „Pfadfinder“) angeblich immer tun. Bisher aber ohne Erfolg.

Wir tragen „Winterkleidung“, die aus kratzigen Erdkreaturen namens „Schafen“ gemacht ist. Und sogenannte „Handschuhe“ – das sind kleine Wollhüte, einen für jeden einzelnen Finger. Stell dir das mal vor, Rokko!

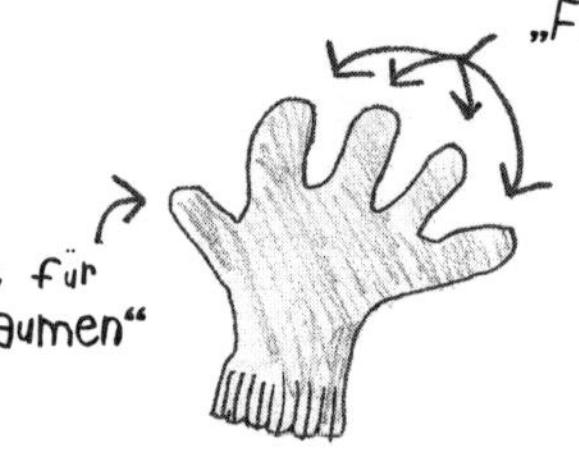

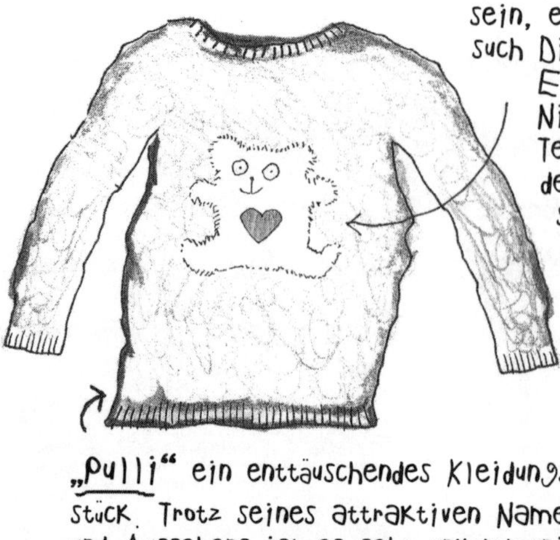

Ich in meinen „Winterklamotten“

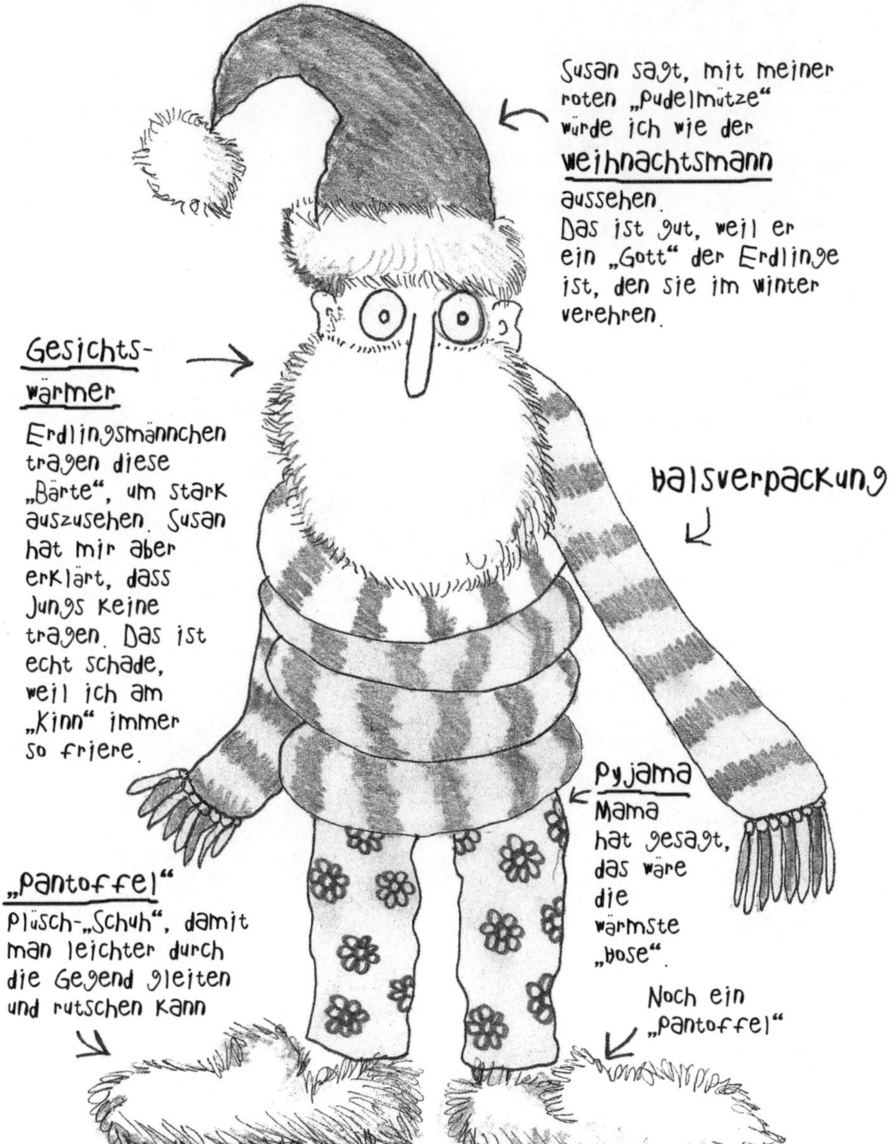

Wenigstens ist Plucki glücklich.

Plucki ist überglücklich, weil er jetzt wieder

Er ist wieder als Erdenhund getarnt und ist sofort mit Fifi, der widerwärtigen Pudel-Kreatur von meinem Nachbarn Colin Snell, in den Büschen verschwunden.

Rhabarber ist. Und er kann an nichts anderes mehr denken, als sich mit Fifi in die Büsche zu schlagen.

Dann schickten die Geheimniskrämerdienste Papa die neuen Befehle des Kaisers:

FANGT UND VERBESSERT ERWACHSENE ERDLINGE UND BRINGT AUCH TIEREXEMPLARE MIT, BEVOR ALLES LEBEN AUF DER ERDE AUSGELÖSCHT WIRD. VERSAGEN WIRD MIT SOFORTIGER VAPORISIERUNG BESTRAFT. EFFIZIENZ IST ALLER ZUFRIEDENHEIT ANFANG. GEPRIESEN SEI DER KAISER.

Im Auftrag von Pliefpeifliefpei,
Leitender Stellvertreter des stellvertretenden Leiters

Dann drehte sich Papa zu mir und sagte diese wunderbaren Worte, Rokko, die meine Herzen vor Stolz zum Hüpfen brachten: „Fluppipi, du hast während der Schregg-Invasion Tapferkeit und Treue bewiesen. Deshalb beauftrage ich dich hiermit mit dem Einsammeln von Tierarten. Verglichen mit Berts und meiner schwierigen Aufgabe, erwachsene Erdlinge zu fangen und zu verbessern, ist das *sprösslings*leicht. Der Kaiser will diesmal ausgewachsene Erdenbewohner, weil sie über mehr Gehirnzellen verfügen als jämmerliche Erdlingskinder."

„Das ist unfair!“, beklagte sich Furzina. „Ich habe zum Sieg über die Schregg-Flotte genauso beigetragen wie Fluppipi! Was ist *meine* Mission?“

„Mädchen haben keine Missionen, Fürzchen“, erwiderte Papa lächelnd und wuschelte ihr durch die Frisur. „Geh und spiel mit deiner Barbie-Puppe.“

Papa hat offenbar immer noch nicht begriffen, dass Weibchen auf der Erde alles fast genauso gut können wie Männchen oder dass Furzinas Gehirn genau wie meins oder Deins funktioniert.

Es wird ein Riesenspaß, Geschöpfe zu finden, die wir mit nach Hause bringen können. Nächste Woche macht meine Klasse einen Schulausflug zu einem „Bauernhof", wo Erdlinge Hausgemüse und Haustiere halten. Dort kann ich dann ein paar der Wesen fangen, über die ich in Erdenbüchern gelesen habe.

Ich würde wirklich gern eine Medusa finden. Sie haben wunderschönes, geschlängeltes Haar und können Erdlinge in Stein* verwandeln. Wer weiß, das könnte sich noch als sehr nützlich erweisen.

*„Stein" ist eine unzureichende Bezeichnung für verschiedenste Elemente und Mineralien: Kohlenstoff, Selen, Silizium, Eisen usw.

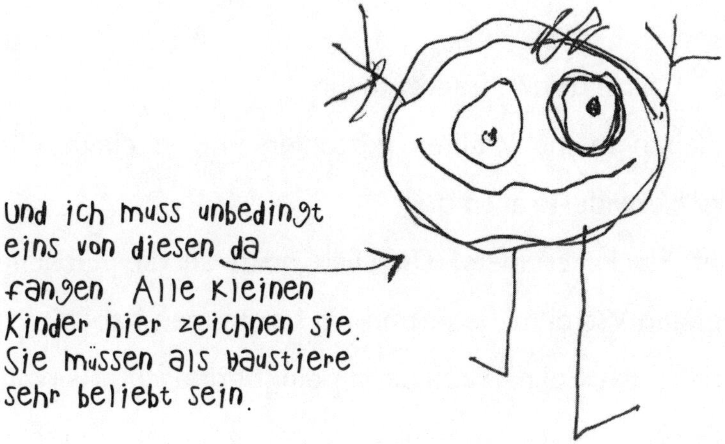

„Wir haben morgen in der Schule Schwimmen“, erzählte ich Furzina. „Dann kann ich als Erstes eine Meerjungfrau jagen.“

„Ich will auch eine Meerjungfrau“, sagte Furzina.

„Du kannst einen ‚Goldfisch‘ aus dem Aquarium in deiner Spielgruppe retten“, erwiderte ich. „Sie haben so wunderschöne Schuppen wie wir. Erdlinge behandeln sie grausam und zwingen sie, im Wasser zu leben.“

„Gut“, meinte Furzina. „Wenn wir wieder zu Hause auf Faa sind, können wir den Goldfisch auf einem schönen Feld freilassen.“

„WUFF WUFF WUFF! WUFF!“

Plucki kam winselnd hereingetrapst, seinen fürchterlichen „Hundeschwanz“ zwischen den Beinen.

„Was ist los, Plucki?“, fragte ich ihn.

„Sie haben meine Welpen gestohlen und in einen Käfig gesteckt!“, erwiderte er traurig.

Armer Plucki. Erinnerst Du Dich noch an die hübschen, zweiköpfigen Welpen, die er und Fifi bekommen haben? Wie es aussieht, hat Colins Papa sie an ein Tiermuseum verkauft, das man „Zoo“ nennt. Sie wollen sie dort genauer erforschen.

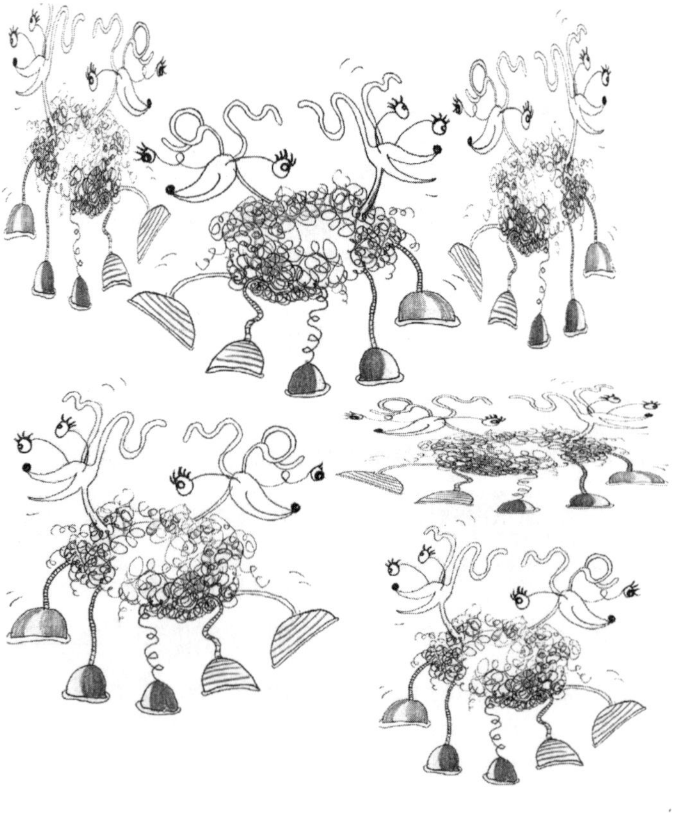

„Keine Sorge, Plucki, wir werden sie retten", beruhigte ich ihn. Ich wusste nicht, was ich sonst sagen sollte.

Da er nicht aufhörte zu winseln, erklärte ich mich bereit, ihm eine Geschichte vorzulesen, damit er besser einschlief. Wie Du weißt, lässt sich Plucki vorm Schlafengehen gern so richtig Angst einjagen. Deshalb suchte ich Berts *Enzyklopädie der Raubwesen* aus. Ich las ihm das Kapitel über die bösen Schreggs vor und erinnerte ihn daran, wie wir ihre Erdinvasion verhindert hatten, indem wir ihnen Musik vorspielten. Weil Plucki danach noch nicht genug hatte, schauten wir uns noch die unheimlichen Wallawallas an (die sich als Regenbogenelfen ausgeben, bevor sie einen mit ihren winzigen, juwelenbesetzten Scheren klein schnippeln), die Tempooos (die ganz verrückt sind nach riesigen Erdpopeln) und die Globösen Glüps (die hin und wieder ganz gern mehrere Planeten auf einmal verschlingen).

Plucki fand das alles total spannend, aber selbst er fing an zu winseln, als wir zu den Wiffel-Biffeln kamen. Erinnerst Du Dich noch an sie? Dein neunter Großvater begegnete einem auf seiner Reise zur Bode-Galaxie und kehrte völlig wahnsinnig zurück. In allen seinen Köpfen hatte er den Verstand verloren. Auch wenn

Wiffel-Biffel so knuddelig aussehen wie kuschelweiche, pinkfarbene Bälle, sind sie wahrscheinlich die bösartigste Spezies aller Galaxien, Rokko. Sie fressen ihre eigenen Großeltern!

Plucki schnarcht jetzt friedlich. Ich hingegen liege weiter wach und zerbreche mir die Köpfe darüber, wie ich Meerjungfrauen und Zentauren finden und Pluckis Welpen retten soll. Gute Nacht, Rokko. Du schlummerst jetzt bestimmt im Schein unserer fünf Monde, während ich wieder in meinem harten, flachen Bett liege, anstatt kopfüber von einem plaudernden *Ulkwatzler* zu hängen. Ich kann nicht einmal irgendwelche schlauen, kleinen Fliegen* oder freundlichen Mäuse finden, mit denen ich mich unterhalten könnte. Ich fühle mich schrecklich einsam.

Flup

* *Fliegen, so habe ich herausgefunden, können ihren Organismus vorübergehend abstellen, wenn sie durch Kälte oder Nahrungsmangel bedroht werden. Das nennt man Diapause. Ich habe Dir ja gesagt, dass sie sehr intelligent sind.*

MISSION ERDE: TAG ZWEI FREITAG

Lieber Rokko,

meine Freunde, die Fliegen, sind alle aufgewacht und sausen fröhlich mit den Mäusen durch die Gegend. Mama hat einen „Boiler" entdeckt, der durch eine Reihe von Rohren überall im Haus dampfendes H_2O verteilt. Jetzt haben wir es schön warm.

Papa und Bert haben alle Hände voll zu tun, die Verbesserungsmaschine wieder aufzubauen, mit der wir die Erdlinge verbessern werden. Sie wird Erdlinge mit zusätzlichen Gehirnen und Gliedmaßen sowie Untergebenheit ausstatten. So können sie sich auf Faa als Sklaven nützlich machen. Ich bin froh, dass sie nur Erwachsene verbessern wollen. Dann muss ich mir wenigstens keine Sorgen machen, meinen Schulfreunden wehzutun. Sprösslinge besitzen nämlich *ein paar* Gefühle (auch wenn sie nette Haustiere wie „Hühner“ und „Lämmer“ essen und *in* ihren eigenen Häusern Aa machen). Erwachsene Erdlinge *können* dagegen gar nicht über nennenswerte Gefühle verfügen, wenn Du mich fragst. Schließlich machen sie sich gegenseitig mit Autos und Kriegen platt.

Bert versuchte, mich aufzuhalten, als ich mich auf den Schulweg machen wollte. Er *skidudelte* mit blinkenden Lichtern und surrenden Antennen durchs Haus, während er aufgeregt vor sich hin plapperte und piepte. Im Handumdrehen hatte er so viele Mützen, Halswickler aus Schaf-Fusseln, Mäntel, Stiefel, Fingerverpackungen und Ohrenklappen über mich geworfen, dass ich unter einem Berg von Erdlingsbekleidungen verschwand. Plucki zog sie ängstlich japsend von mir.

„Was ist los, Bert?“, fragte ich. Ich konnte mir ein Lachen nicht verkneifen. Vielleicht entwickle ich einen irdischen „Sinn für Humor“? Bert quasselte ohne Punkt und Komma und schickte einen Informationsstrom in mein Daten verarbeitendes Gehirn.

„Oh“, begriff ich, „es ist wegen des Wetterberichts.“

Berts Lichter flackerten heftig auf. Wir warfen durch die Tür einen Blick nach draußen. Natürlich hatte er wie immer recht. Ich konnte die Straße kaum sehen vor lauter großen, gefrorenen H_2O-Klumpen, die vom Himmel geschwebt kamen und den Boden mit einem dicken, eisig kalten Teppich bedeckten.

„Die nennt man Schneebälle“, erklärte Bert. „Pack dich warm ein. Du willst keinen Erdlingsschnupfen bekommen.“

„Hatschi“ ist eine lautliche Darstellung des Popel-Ausbruchs, den man als „Niesen“ bezeichnet. Das ist auch der Grund, warum Erdlinge diese ekligen „Taschentücher“ für ihre explodierenden Rüssel benutzen müssen.

Furzina erklärte mir, dass das da der Keim ist, der Erdlingsschnupfen verursacht. Sie sagt, er habe mehrmals versucht, ihr das Heilmittel zu verraten. Leider kann er keinen Satz zu Ende sprechen, weil er ständig niesen muss.

Ich befolgte Berts Rat, packte mich noch dicker ein und machte mich mit vier leichten Herzen auf zur Schule. Ich freute mich darauf, meine Freunde wiederzusehen.

Meine verflixten Erdlingsfüße schlitterten durch die Gegend. Irgendwie schaffen es Erdlinge, diese widerwärtigen Wetterbedingungen mit nur zwei Beinen zu meistern, Rokko. Ich hätte aber am liebsten meine Saugnäpfe ausgefahren oder wäre über das ganze glitschige Zeug hinweggezoomt.

Als ich endlich am Schultor ankam, beschwerten sich alle, dass die Schule nicht geschlossen war. Erdlinge können es nicht ausstehen, irgendetwas zu lernen, und wie es scheint, schließen sie die Schulen häufig, sobald ein paar Schneebälle vom Himmel fallen!

Roddy kam zu mir herübergewackelt. „Hi, Norman, ich dachte, du wärst auf einem Raumschiff", sagte er.

„Du hast eine wunderbare Fantasie", erwiderte ich. Ich hatte den Gedächtnistilger mit in die Schule genommen und löschte sofort ein paar Erinnerungen vom netten Roddy und dem grässlichen Colin Snell. Sie waren nämlich die Einzigen, bei denen wir das bei unserem letzten Besuch versäumt hatten. Ich kann das

Risiko nicht eingehen, dass sie sich an meine wahre Identität erinnern, Rokko.

Auf dem Weg zum Schwimmunterricht fanden alle die eiskalten Klumpen offenbar ganz toll. Colin Snell machte es unglaublich viel Spaß, sie unter meine Halsverpackung und in meine „Gummistiefel“ zu stecken. Sogar Susan und Roddy bewarfen mich mit ein paar Klumpen. Und ich dachte, sie wären meine Freunde.

Ich fiel 26 Mal auf den Rüssel, bis sich uns ein weißer Riese in den Weg stellte. Er hatte furchterregende, schwarze Glupscher und einen spitzen, orangefarbenen Schnabel – genau wie die fleischfressenden *Graanjarks*.

„Pass auf! Gib Acht, dass er dich nicht frisst!", schrie ich, packte Susan und schlitterte mit ihr zusammen in ein Weibchen mit pinkfarbenem Gesicht. Es trug ein Wollbündel bei sich. Wie sich herausstellte, war das Bündel ein Erdlingsbaby, das sofort wie eine Herde *Nüpsel* losbrüllte. Zum Glück schaute der Riese mit dem orangefarbenen Schnabel nur untätig zu, während das Erdlingsweibchen ungezogene Wörter durch die Gegend schrie. Susan lächelte das rote, kreischende Baby an, das sie zu *mögen* schien, und entschuldigte sich bei dem roten, kreischenden Weibchen.

„Es tut uns sehr leid", sagte sie, „er kommt von einem anderen Plan... ich meine Land. Er hat noch nie einen Schneemann gesehen." Dann zog sie mich ins Schwimmbadezimmer und gab ihr schönes Kichern von sich.

Was meinte sie mit „Schneemann"?

Mein nächster Fehler war, das hier im Schwimmunterricht zu tragen.

Ich drehte meine Lauscher-Lautstärke herunter, um das schallende Gelächter zu überleben.

Mittlerweile verstehe ich diese Erdlingsangewohnheit namens „Witze" ja ein bisschen, aber ich begreife einfach nicht, warum sie mich so komisch finden.

Warum war mein Badeanzug so viel lustiger als das, was alle anderen trugen? Wenn Du mich fragst, sahen sie alle total albern aus.

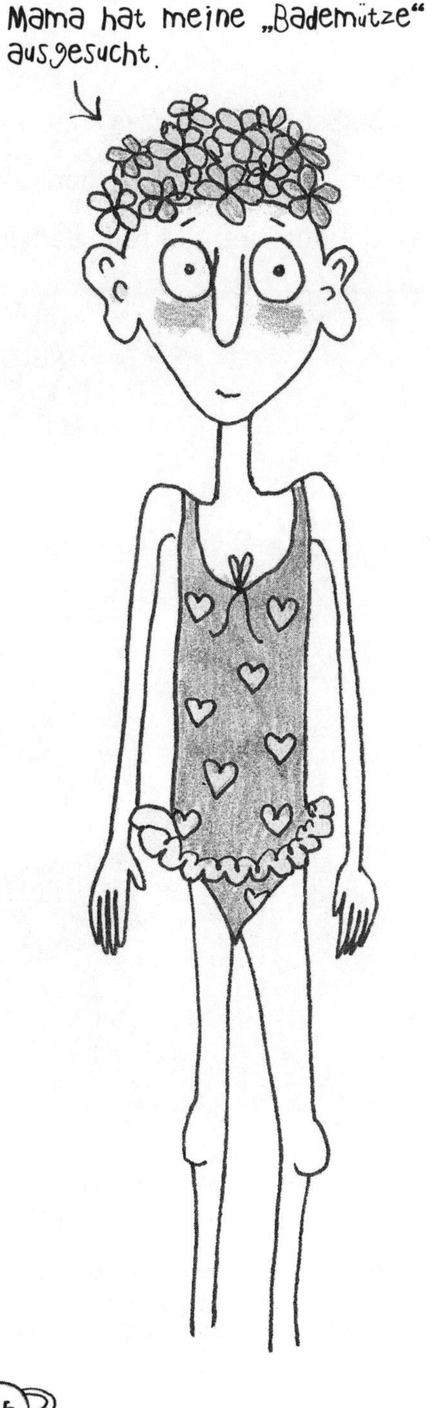

Selbst in der kurzen Zeit, in der ich von der Erde weg war, hatte ich schon wieder ganz vergessen, wie hässlich Erdlinge sind – mit ihrer glatten, glanzlosen Haut ohne Fell, Schuppen oder Muster.

Meine Klassenkameraden sehen nicht gerade wie Schmetterlinge aus.

* Aaron hat Koz getrunken, als wir die Schreggs in die Flucht geschlagen haben. Er wurde dadurch schlagartig schlank, aber mittlerweile hat die Wirkung wieder nachgelassen.

Kein Wunder, dass sie sich immer einpacken.

Jedenfalls sprang ich ins Becken, um meinen scheinbar ach so lustigen Badeanzug unsichtbar zu machen. *Klong!* Das Wasser war noch eisiger als der Schnee draußen. Der Schock war so groß, dass drei meiner Fangarme herausgeschossen kamen.

Ich rollte sie so schnell wie möglich ein, bevor irgendjemand sie bemerkte. Aber dadurch beförderte ich mich laut des Hyperchronometers meines dritten Kopfes in nur 5,2 Nanosekunden ans andere Ende des Beckens. Zum Glück schaffte ich es noch rechtzeitig zu wenden, bevor meine Köpfe in die gegenüberliegende Beckenwand *fenaangten.* Ich streckte meinen Komprimierungsfangarm aus, sauste die Bahn zurück und verursachte dadurch eine Riesenwelle. Sie machte meine Klassenkameraden patschnass, und alle fingen an, wie ein Nest extragalaktischer Supernova-Quallen loszukreischen.

Dieses Mal gelang es mir jedoch, meine Geschwindigkeit zu drosseln. Susan begriff sofort, was gerade passierte. Sie rannte zum Beckenrand und hielt ein großes Trocknungslaken hoch, in das ich mich wickeln und in dem ich mich verbergen konnte (ich glaube, sie nennen es hier „Fußtuch" oder so).

„Was um alles in der ... ähm ... Welt war das?", fragte ich meine klitschnassen Klassenkameraden, die alle mit heruntergeklappten Kinnladen dastanden. „Die Versorgungsleitung muss eine Druckwelle ausgelöst haben."

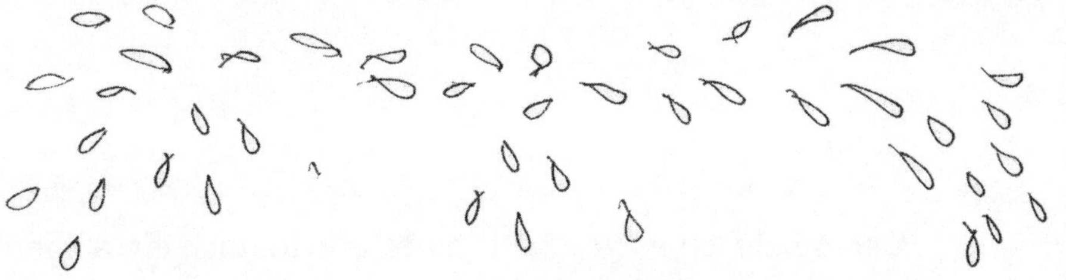

Die Lehrerin Miss Barn sah mich ganz komisch an, meinte aber nur: „Also gut, Kinder, da wir jetzt alle sowieso schon nass sind, können wir auch gleich mit dem Unterricht beginnen. Zeit für unsere Schwimmübungen."

Ich schaute ein paar Minuten lang zu. Es war ein Trauerspiel. Der Schwimmstil der Erdlinge besteht aus total langweiligen, monotonen Bewegungen: „Kraul", „Brust" und „Schmetterling". Schmetterlinge flattern wie meine irdischen Lieblingstiere, die Fliegen, elegant durch die Luft. Doch meine Klasse bewegte sich viel tollpatschiger vorwärts als sie und sah dabei auch viel hässlicher aus.

Miss Barn stellte uns in einer Reihe an der Wand auf und warf einen Haufen Sachen ins Wasser, die wir wieder heraufholen mussten.

Wie ich feststellte, war einer der Gegenstände, eine große Metallscheibe, fest am Beckenboden verkeilt. Ich brauchte ein oder zwei Minuten, um sie loszumachen, während ich die Glupscher nach vorbeischwimmenden Meerjungfrauen offenhielt. Es machte Spaß, endlich eine schwierige Aufgabe gestellt zu bekommen.

Gerade als ich es geschafft hatte, zerrte mich ein aufgeblähtes Erdlingsmännchen aus dem Wasser.

Es warf mich auf den Beckenrand, schlug mir auf die Brust und drückte seinen Mund auf meinen – ein widerliches Zeichen irdischer Zuneigung, das man als „Kuss" bezeichnet. Bäh!

Ich stieß ihn von mir und erblickte meine Klasse und Miss Barn, die mit kreisförmigen Mündern und weit über ihren Glupschern hochgezogenen Fellstrichen dastanden.

„Norman! Du hast uns einen furchtbaren Schrecken eingejagt. Du warst eine halbe Ewigkeit da unten! Geht es dir gut?"

Wieder einmal hatte ich nicht nachgedacht. Erdlinge besitzen keine Kiemen und können daher nicht unbegrenzt lange unter Wasser bleiben, weil sie sonst ertrinken.

Alle starrten ins Becken. Das Wasser lief langsam ab.

„Der Monsterjunge hier hat den Stöpsel gezogen!", schrie Bläh-Männchen, riss mir den Metallgegenstand aus der Hand und sprang damit ins Becken. Er war offenbar sehr wütend: „Wenn dieser *********** Junge noch einmal **********, werde ich *********!"*

* *Dieses Buch könnte in Sprösslingshände geraten. Bitte die Wörter „ungezogen", „sich daneben benehmen" und „fuchsteufelswild" einfügen. Anmerkung des Lektorats*

Da tauchten auf einmal noch mehr aufgeblähte Männchen auf, Glocken läuteten und Miss Barn führte uns alle zu den Umkleidekabinen.

„Norman, das war sehr ungezogen von dir“, sagte sie auf dem Weg zurück zur Schule. „Ich weiß, der Deckel des Bodeneinlaufs hätte nicht offen sein dürfen. Aber du hättest um Hilfe bitten und nicht versuchen sollen, ihn allein wieder einzusetzen. Ich hoffe, du legst nächste Woche mehr Sinn und Verstand an den Tag. Sonst darfst du am Mittwoch nicht mit auf den Bauernhof.“

Ich hätte ihr am liebsten erklärt, dass die fünf läppischen Sinne, die es auf der Erde gibt, nichts gegen die 762 Sinne eines erwachsenen Faadings sind. Aber ich konnte nicht riskieren, den Ausflug zum Bauernhof zu verpassen. Deshalb entschuldigte ich mich, so wie Professor Quadratke es in seinem *Reiseführer Erde* empfiehlt.

„Es tut mir sehr leid, Miss Barn. Ich werde beim Schuldirektor vorsprechen, um meine verdiente Strafe entgegenzunehmen. Ich erwarte eine ordentliche Tracht Prügel.“

„Das ist nicht der richtige Augenblick, um dumme Witze zu reißen, Norman“, erwiderte sie.

Noch ein Fehltritt, Rokko.

Offenbar schlagen Lehrer ihre Schüler nicht mehr mit langen Stöcken, weil Erdlinge sich viel Mühe geben, die wenigen Gefühle, die sie besitzen, nicht zu verletzen.

Dieses Buch wurde vor 70 Jahren veröffentlicht und ist Mamas LIEBLINGSBUCH. Ich habe ihr erklärt, dass manches darin nicht mehr stimmt, aber sie will einfach nicht auf mich hören.

Ich musste die Pause ausfallen lassen, um eine Entschuldigung an den Badezimmermeister zu schreiben. Ich habe mir die allergrößte Mühe gegeben, ganz viele Rechtschreibfehler zu machen und mit meiner unordentlichsten Handschrift zu schreiben. Schließlich sollte es so aussehen, als hätte ein Erdlingskind den Brief geschrieben. Erdenrechtschreibung ergibt übrigens überhaupt keinen Sinn. Als Bert sie mir anfangs beigebracht hat, habe ich „Lehrer“ so geschrieben: LEERA.

„L“ klingt wie „L“.

„EE“ klingt wie „eh“ in „mehr“.

„RA“ klingt wie das zweite „er“ in „schwerer“.

Bei so einer Rechtschreibung ist es kein Wunder, dass Erdlinge keine guten LEERA sind.

Miss Barn ist hellgrün geworden (wie deine Uromas), als sie meinen Brief gesehen hat. „Das ist außergewöhnlich, Norman. Wo hast du nur so lange Wörter gelernt?“

„Ich bin mir nicht sicher, was Sie meinen, Miss Barn“, sagte ich in meinem höflichsten Tonfall. „Das längste Wort, das ich im Wörterbuch gefunden habe, Donaudampfschifffahrtselektrizitätenhauptbetriebswerkbauunterbeamtengesellschaft, hat nur popelige 80 Buchstaben, und das längste Wort, das ich benutzt habe, hat bloß 18 Buchstaben.“

„Danke, Norman, bitte geh zurück an deinen Platz“, sagte Miss Barn, während sie mir einen misstrauischen Blick zuwarf.

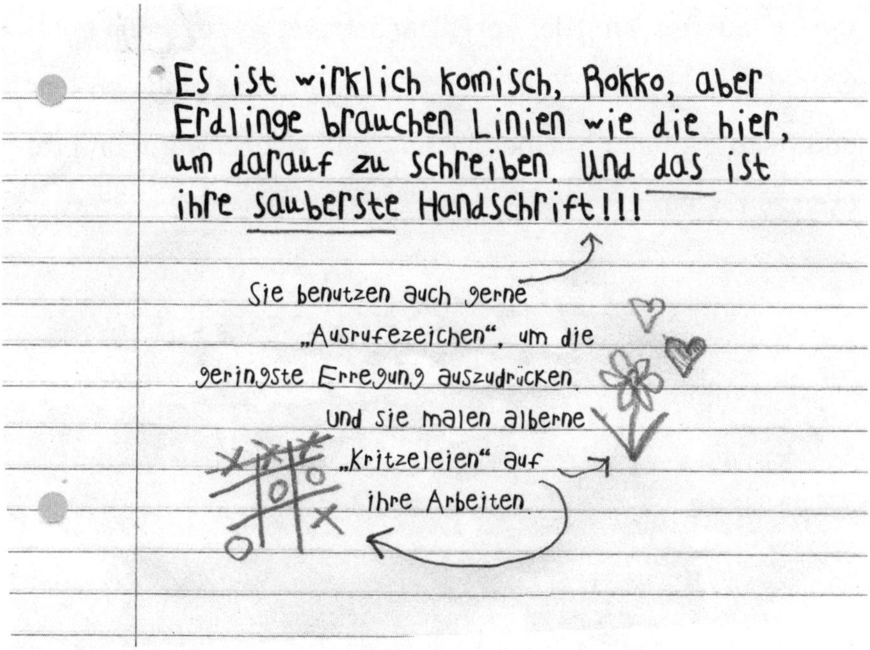

Wirklich, Rokko, ich muss ständig aufpassen, was ich tue. Es ist so anstrengend, dumm zu sein. Das zweitlängste Wort, Hippopotomonstrosesquippedaliophobie, hat nur 36 Buchstaben. Rate mal, was es bedeutet? Angst vor langen Wörtern!

Auf dem Heimweg war ich zahlreichen Gefahren ausgesetzt. Autos schlitterten auf beängstigende Weise über die gestreiften „Fußgängerüberwege“, die wir benutzen sollen, noch mehr Schneebälle plumpsten aus einem dunklen Himmel und weiße

Riesen lauerten an jeder Ecke. Danach war es sogar ein gutes Gefühl, wieder zurück in unserer kleinen Behausung zu sein und mich bis tief in meine blauen Gene wieder warm und trocken zu fühlen.

Ein paar dieser Riesen haben „Hüte“ und Halsverpackungen gestohlen, nachdem sie ihre Beute gefressen haben.

Furzina hat in ihrer Spielgruppe den ganzen Morgen so getan, als wäre sie strohdumm. Sie meinte, sie hätte diesmal viel mehr Spaß gehabt, jetzt, da sie viele Freunde gefunden hat. Sie hat auch einen Goldfisch gerettet. Es war ein hübscher Goldfisch, auch wenn er keinen besonders gesunden Eindruck machte.

„Er scheint nicht mehr richtig zu funktionieren", jammerte Furzina und stupste ihn an.

Er war leider tot, Rokko, aber das wollte ich Furzina nicht sagen. Sie hatte sich doch so gut um ihn gekümmert und ihn behutsam in einen Handschuh gewickelt. Vermutlich haben diese grausamen Erdlinge mit all dem kalten Wasser seinem Leben ein frühzeitiges Ende gesetzt.

Ich lenkte Fürzchen ab, indem ich ihr Bilder von den zehn tödlichsten Lebewesen auf der Erde zeigte. Verglichen mit Faa-Kreaturen sind sie alle total langweilig. Aber es gibt da eine süße „Würfelqualle" mit Fangarmen, die fast so aussehen wie Deine. Das gefährlichste Tier, die Stechmücke, ist so liebenswert wie eine Fliege, bringt allerdings jedes Jahr zwei Millionen Erdlinge um. Daher ist sie ziemlich unbeliebt (obwohl die beliebten Autos fast genauso viele umbringen).

„Sie haben alle nur einen Kopf", stellte Furzina fest.

„Ja, das ist enttäuschend. Ein paar haben aber eine große Anzahl Gliedmaßen und verfügen über primitive, telepathische Kräfte – wie der bezaubernde ‚Oktopus'. Erdlinge bezeichnen diese Kräfte als ‚sechsten Sinn', so als wäre das was Besonderes. Ich hoffe, dass ich nächste Woche bei unserem

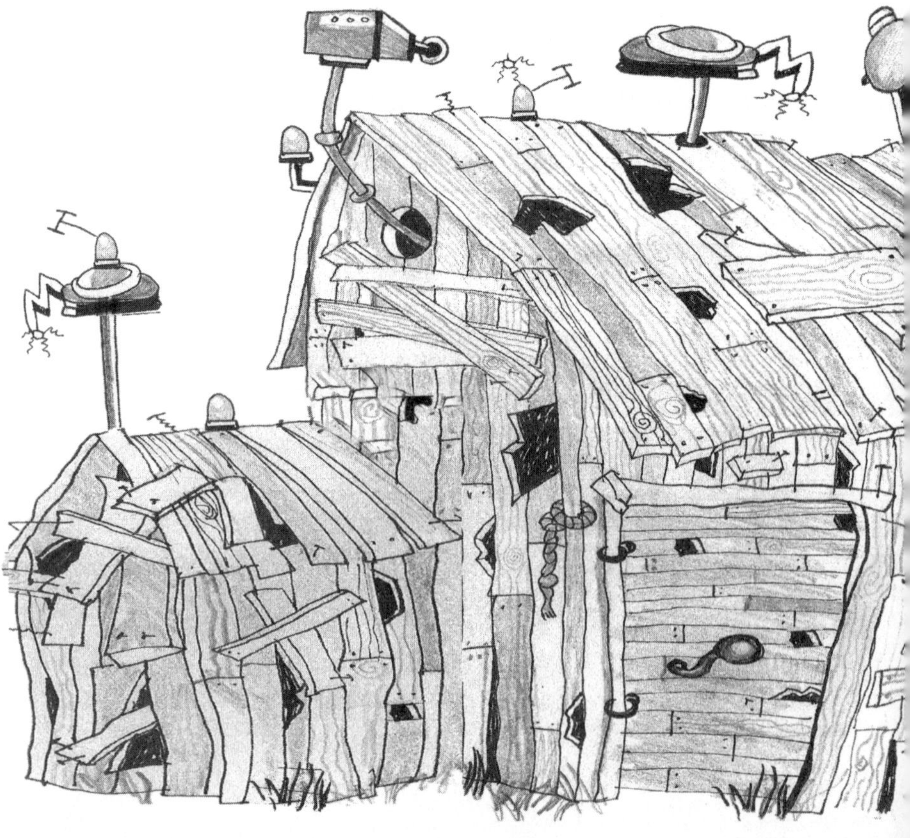

Schulausflug zum Bauernhof ein paar dieser Geschöpfe einfangen kann."

Papa kam vom Garten hereingeschlängelt, wo er gerade dabei ist, seinen Schuppen zu vergrößern, damit die neue Verbesserungsmaschine hineinpasst.

„Am besten können wir die erwachsenen Erdlinge in die Verbesserungsmaschine locken, indem wir so tun, als wäre sie ein Fitnessclub und Schönheitssalon", sagte Mama.

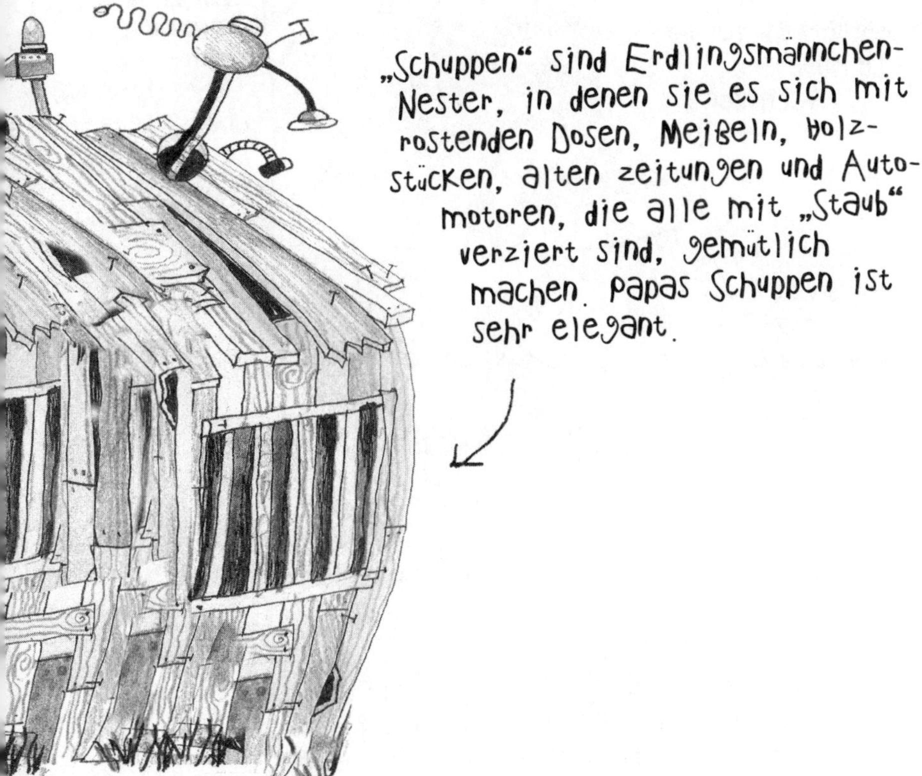

DIE VERBESSERUNGSMASCHINE

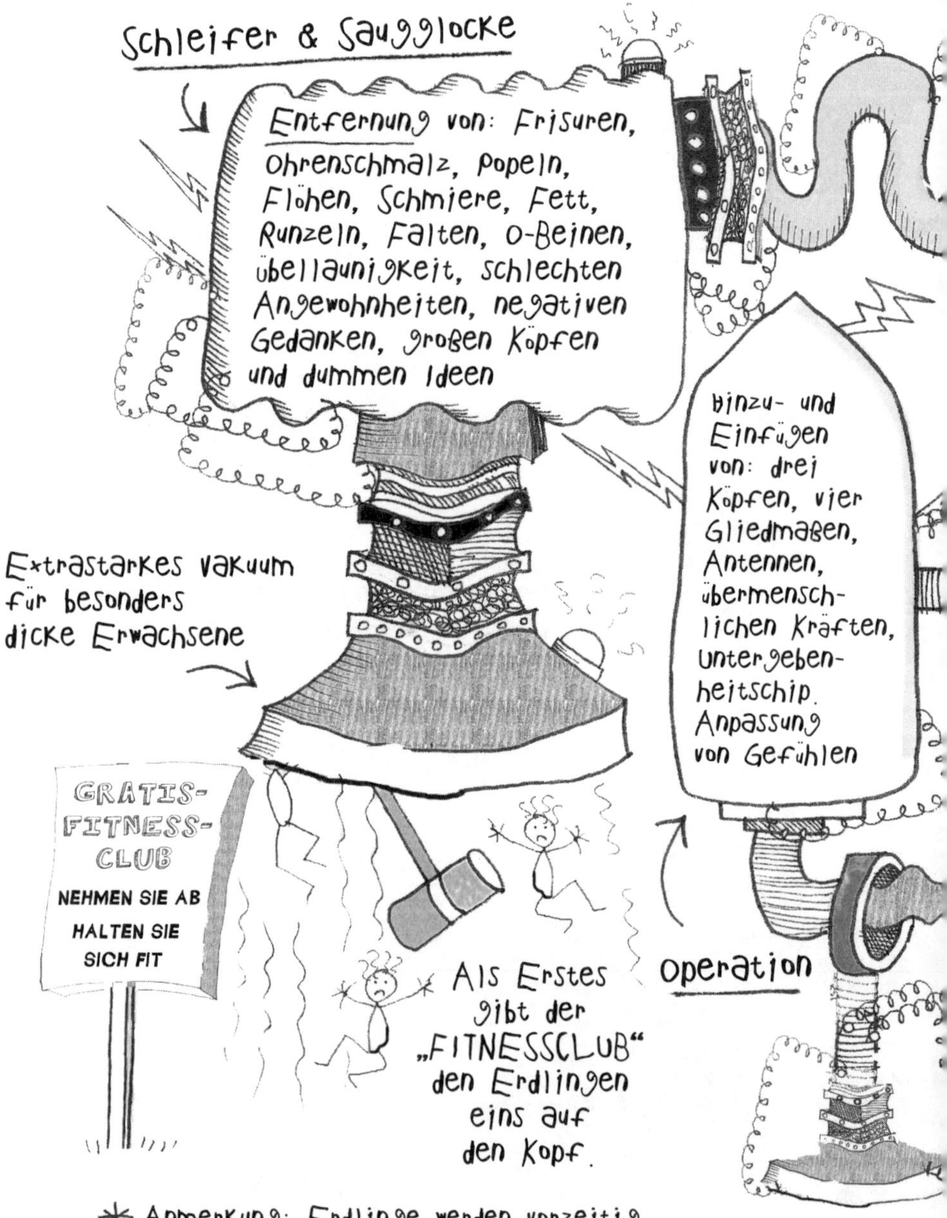

* Anmerkung: Erdlinge werden vorzeitig ausgestoßen, falls versehentlich Glupscher oder Zähne herausgesaugt werden.

FÜR ERWACHSENE

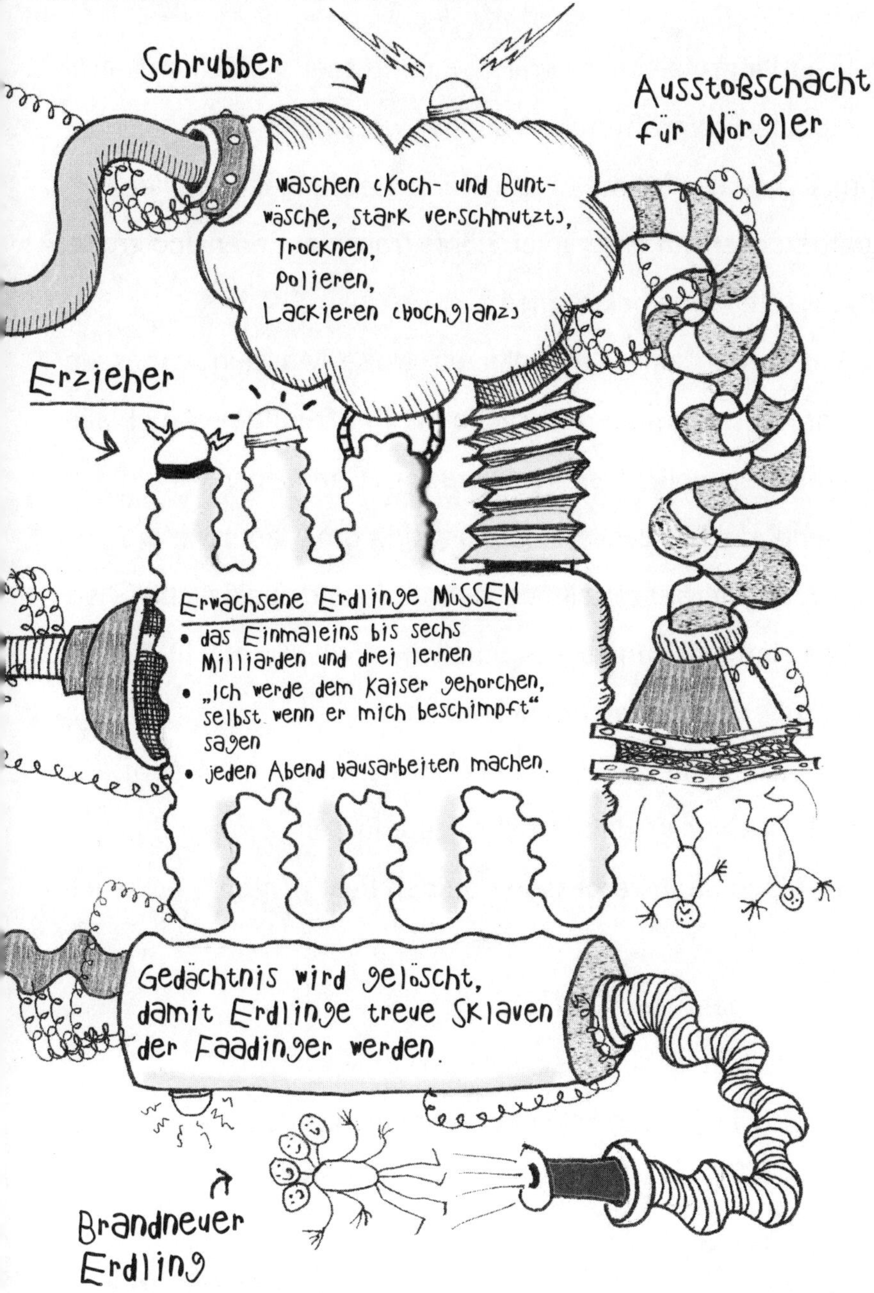

„Viele Erdlingsweibchen wollen ihre Rüssel verkleinern, ihre Brustbeulen vergrößern und dünner werden, und das alles auf einmal“, erklärte Mama. „Viele Männchen hingegen wollen ihre Brustperücken auf ihre kahlen Köpfe transplantieren und große, aufgeblähte Arme bekommen.“

„Wir werden ein paar Erdlingen große Muskeln verpassen und ihre Rüssel runderneuern, damit ihre Freunde es auch alle ausprobieren wollen“, schlug Papa vor. „Dann legen wir einfach die Hebel der Verbesserungsmaschine um, damit sie die Erdlinge richtig verbessert: ihnen vier Köpfe und zusätzliche Gliedmaßen einpflanzt und sie zu nützlichen Sklaven macht, die wir mit zurück nach Faa nehmen können.“

„Du meinst, du verringerst erst ihr Gewicht und vergrößerst ihre Muskelmasse, damit mehr Leute in den Schuppen gehen wollen? Und dann verbesserst du den Rest *richtig*?“, hakte ich nach.

„Genau“, sagte er.

„Und du bist sicher, dass das funktionieren wird?“

„So gut wie, ja. Möglicherweise gehen uns dabei ein paar flöten, aber Erdlinge gibt es ja mehr als genug.“

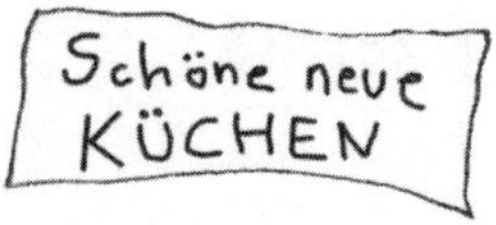

„Als Erstes verbessern wir den Postboten“, erklärte Mama. „Er scheint uns wirklich zu mögen. Er besucht uns jeden Tag und bringt uns hübsche Flugblätter von Erdlingsnahrungsmitteln und -häusern vorbei. Ich lerne eine Menge von ihnen. So schmächtig und sehnig, wie der Arme ist, will er bestimmt ‚attraktiver‘ aussehen.“

„Ein paar der Kreaturen, die ich einsammle, sind für Erdlinge gefährlich. Vielleicht sollten wir sie lieber getrennt unterbringen?“, schlug ich vor.

„Bert wird das hier für sie bauen“, erklärte Papa und zeigte mir ein Bild.

„Das ist eine Arche Noah. Es ist das Spitzen-Tiertransportmittel der Erdlinge – in ihrem Internet finden sich Millionen Verweise darauf. Wir werden es hinter unserem Raumschiff ins Schlepptau nehmen."

„Ja, solche habe ich auch schon gesehen, aber ich glaube, sie sind für Reisen auf Wasser gedacht", wandte ich ein.

„Wie kannst du es wagen, an meinen Worten zu zweifeln!", schimpfte Papa.

Ich hütete mich, ihm zu widersprechen.

Die arme Furzina darf nicht mehr zu ihrer Spielgruppe. Bert hat ein elektronisches Machtwort gesprochen.

Aber mehr als `„Es lauert Gefahrsamkeit"` will er nicht sagen.

„Wenn du schon was von dir gibst, Bert, dann benutz auch ordentliche Wörter", sagte Furzina und stampfte trotzig auf.

„Du bist einfach zu intelligent, Fürzchen", erklärte ich ihr. „Wenn du weiter chemische Experimente durchführst und dich weigerst, Bilder aus Spaghetti zu basteln, werden sie irgendwann dahinterkommen, dass du von einem anderen Planeten bist. Dann werden sie uns wie Pluckis Welpen in den Zoo stecken, und wir kommen nie wieder zurück nach Faa. Auch wenn du dir heute alle Mühe gegeben hast, dumm zu erscheinen, warst du wahrscheinlich gute 36 Millionen Mal schlauer als alle anderen."

„Na schön", sagte sie, „möglicherweise habe ich ein paar Fehler gemacht. Zum Beispiel, als uns die Lehrerin ein Bild von der Erdensonne gezeigt und gesagt hat, sie wäre sehr heiß und sehr weit entfernt."

„Hmmm, und was hast du gesagt?"

„Ich habe ihr erklärt, dass ihr Kern lediglich 15 Millionen Grad heiß ist und sie nur schlappe 139 Millionen Kilometer weit entfernt liegt, was praktisch gleich nebenan ist."

Ich seufzte. Aber Mama, Papa und Bert, die nicht viel aus dem Haus kommen, waren völlig schockiert, dass dreijährige Erdlinge so einfache Dinge nicht wissen.

„Am Montag werde ich meine Gehirne ganz abschalten. Ich kann nicht mit Mama hierbleiben und mich den ganzen Tag über *Vorhänge* unterhalten“, jammerte Furzina.

Aber Bert blieb hart. Er brummte und zischte, während Mama Furzina mit Gewalt ins Bett brachte.

Später fragte ich Papa, warum er und Bert so streng waren.

„Da du schon bewiesen hast, wie tapfer du bist, kann ich dir ruhig die Wahrheit sagen“, meinte Papa. „Wie es aussieht, schwebt Furzina in großer Gefahr, entführt zu werden. Von Schreggs.“

Schreggs! Die bösartigste Spezies des ganzen Universums! Ich spürte ein unangenehmes Prickeln im Nacken. Das nennt man „Gänsehaut“. Es ist so, wie wenn sich uns das Fell aufstellt.

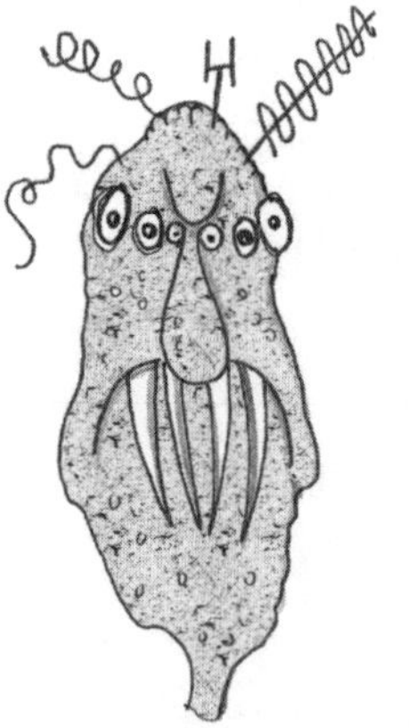

„Aber wir haben die Schreggs besiegt!“, wandte ich ein. „Sie sind zu ihrem Planeten zurückgekehrt. Sie können nicht zurückkommen. Und wenn sie es tun, schlagen

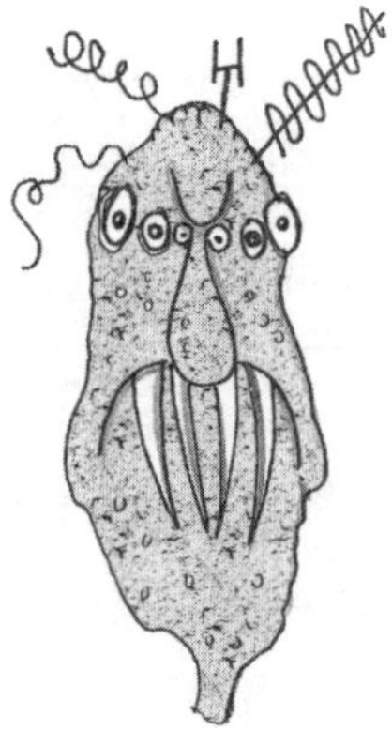

wir sie noch einmal in die Flucht. Ihr wisst doch, dass sie Musik nicht ausstehen können."

„Hör dir das hier an", sagte Papa grimmig.

Er schaltete das Interplanet ein, das wie immer ein lautes Pfeifen und Brummen von sich gab. Auch wenn es gute 50 Gazillionen Mal schneller ist als das Internet der Erde, muss es erst einmal das gesamte Universum nach Informationen durchkämmen. Deshalb ist es nach wie vor nicht schnell genug.

„*Bugelwugelgugelnudelpudelapfelstrudel* es", sagte ich.

Papa tippte *Entführungskomplott* bei *Bugelwugelgugelnudelpudelapfelstrudel* ein und erhielt 968 Trillionen Treffer.

Ich klickte *Erweiterte Suche* an und gab *Schreggs Entführung Faading* ein.

Und tatsächlich tönte die grauenvolle Stimme von Kurt, dem König der Schreggs, durch die Lautsprecher. Ich drückte auf den *Diese-Seite-übersetzen*-Knopf.

„HA HA HO. HO HO HA.
TOD DEN ERDENWESEN UND SICH EINMISCHENDEN FAADINGERN ES GUT WIR KEIN EINGEMISCHE HABEN ODER WIR MACHEN HACKFLEISCH TUN KEIN KLUGGESCHWATZE MIT MIR FREUNDCHEN. ICH SPUCKE UNGEFÄHR IN DEINE RICHTUNG SCHREGGS NIE BESIEGT IHR KÖNNT MICH ALSO MAL AN MEINEM DOPPELKINN LECKEN IHR JÄMMERLICHEN ERDLINGE. FLAUSCHIGE VERBÜNDETE ES IST AUF DEM WEG. MENSCHLICHE SCHWACHKÖPFE PINK LIEBEN! FAADING-MÄDCHEN GEISEL WIRD GEHALTEN BIS REICH DES EWIGEN SPINATS ES WIRD UNSERES SEIN! TOD ALLEN PASSAGIEREN
HO HO HA!“

„Der Translator ist vor über zwanzig Millionen Jahren erfunden worden, und er ist immer noch völlig unbrauchbar“, sagte ich.

„Wir verstehen aber, was sie sagen wollen, oder?“, wandte Papa ein. „Wir haben die Schreggs nicht endgültig besiegt, und nicht nur das – sie haben jetzt auch noch jemanden gefunden, der die Drecksarbeit für sie erledigt.“

„Aber warum Furzina?"

„Sie ist eine kleine, handliche Geisel. Außerdem hat sie am meisten zur Niederlage der Schreggs beigetragen", gab Papa widerwillig zu.

„Sie darf das auf keinen Fall erfahren – es würde ihr schreckliche Angst einjagen", sagte ich, während ich mich anstrengte, eine tapfere und treue Miene aufzusetzen.

„Stimmt genau", gab Papa mir recht. „Behalte es also für dich. Diese ‚Flauschigen Verbündeten' klingen allerdings gefährlich. Wir müssen herausfinden, wer sie sind."

Ich habe noch einmal in meiner *Enzyklopädie der Raubwesen* nachgesehen und nach „Flauschigen Verbündeten" gesucht. Oh, nein! Vielleicht sind es die Winzigen Neutrinas aus der zwölften Dimension, die vor etwa 564 Millionen Jahren auf der Erde eingefallen sind und die Dinosaurier ausgelöscht haben. Oder noch schlimmer: die kuscheligen, blau-gelben Kondemnitaurier, die die Gestalt der Menschen annehmen können und alle Bibliotheken und Süßigkeitenläden in der fünften Dimension zerstört haben. Oder noch viel schlimmer: die gefürchteten Wiffel-Biffel!

Wiffel-Biffel: Rückansicht, mit ausgestreckten Beinen

Lasst euch nicht täuschen: Mit ihrem Lächeln locken Wiffel-Biffel ihre Beute an.

WIFFEL-BIFFEL

Nicht ganz so zerstörerisch wie Schreggs, aber grausamer und ausgesprochen gerissen

Planet: Boffel-Woffel

Anführer: Woffel-Boffel

Erscheinung: niedlich, aber lasst euch nicht täuschen

Kopf: einen einzigen, dafür aber groß

Körper: nicht vorhanden; Verdauung findet in den Füßen statt; kein Herz notwendig, daher buchstäblich herzlos

Beine: zweibeinig; können ihre Beine zu ihrer zweifachen Länge ausdehnen

Flügel: zwei; klein, aber außergewöhnlich kräftig

Gehirne: neunzehn; zentrales Gehirn schickt Befehle an 18 zusätzliche Gehirne (neun in jedem Bein)

Sehkraft: spektakulär; die beiden Frontalglupscher verfügen über 360-Grad-Röntgensicht; zehn Hinterglupscher sind auf zwölf Galaxien gerichtet

Gewohnheiten: unersättlicher Appetit: verspeisen mit Vorliebe Artgenossen; zum Schutz der eigenen Spezies bemüht, dieses Verhalten auf Großeltern zu beschränken

Ernährung: jede andere Spezies (plus eigene Großeltern)

Sonstiges: fühlen sich leidenschaftlich zu Schachteln hingezogen und heiraten sie sogar manchmal; allergisch gegen Lachen, die Farbe Gelb und eine puddingartige Substanz, die aus Ei-Herzen und Kuhsaft besteht

Für weiterführende Informationen siehe: *Index Abartiger Angewohnheiten,* nicht jugendfreier Abschnitt

Hatte Kurt, der König der Schreggs, nicht „Menschliche Schwachköpfe pink lieben" gesagt? Die Wiffel-Biffel sind flauschig *und* pink. Sie klingen wie die einzigen furchtbaren Wesen, die mit den Schreggs als Verbündete klarkommen würden.

Mit all diesen Gedanken an Wiffel-Biffel und den ganzen anderen flauschigen Wesen des Universums und meinem schrecklichen flachen Bett kann ich mal wieder nicht einschlafen. Die ganze Zeit muss ich daran denken, dass es auf der Erde so schöne Sachen wie Schokolade und Musik gibt, auch wenn das alles ist, was die Rettung der Erde lohnenswert macht. Aber wenn wir unsere Mission nicht erfüllen, Rokko, wirst Du vielleicht nie dieses einzigartige Aroma schmecken oder diese wunderbaren Klänge hören.

Morgen ist Wochenende. Da ist keine Schule, und wir werden die Verbesserungsmaschine ausprobieren. Am Sonntag gehen wir in den Zoo, um Pluckis Welpen zu retten und ein paar „Löwen" und „Tiger" und „Bären" zu befreien. Oh Mann!

Dein Freund in Unendlichkeit,

Flup

MISSION ERDE:
TAG DREI SAMSTAG

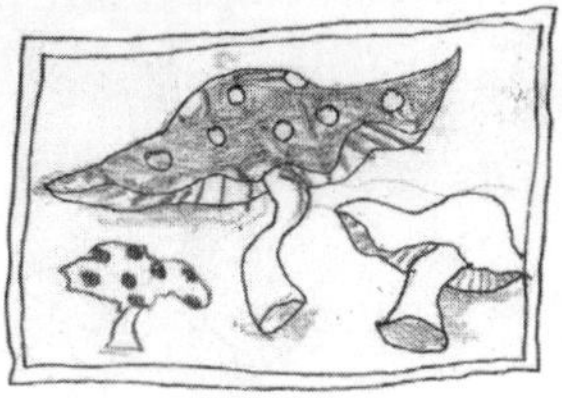

Lieber Rokko,

als ich ins Wohnzimmer kam, hatte Mama die langweiligen gelblichen Wände mit schwarzen und weißen Streifen, Zickzacklinien und Zahlen übermalt. Jetzt sehen sie aus wie eine Schalttafel in einem von Berts Gehirnen.

Mit einem Pinsel in jedem Strecker hatte sie das ganze Zimmer - verglichen mit Erdmaßstäben - ziemlich schnell gestrichen. Außerdem hatte sie Krüge mit Gemüse aufgestellt sowie Bilder von wild lebenden Tieren aufgehängt, die Erdlinge angeblich entspannend finden. Als Motive hatte sie niedliche Geschöpfe wie Skorpione, Vogelspinnen, Larven und so hübsches Gemüse wie die Venusfliegenfalle ausgewählt.

Hoffentlich gefallen sie den menschlichen Exemplaren, die wir versuchen werden, ins Haus zu locken.

Papa meinte, Mama wäre wegen des Postbotenbesuchs ganz nervös. „Ich habe ihr gesagt, dass sie über das Wetter reden soll. Das ist das Lieblingsgesprächsthema der Erdlinge", erklärte er. „Aber ihr zwei solltet lieber verschwinden, während sie ihn ins Haus lockt."

Deshalb beobachteten Furzina und ich das Ganze vom oberen Treppenabsatz aus, während Papa nach draußen ging, um noch einmal die Verbesserungsmaschine zu überprüfen.

Ich hatte ein ganz ungutes Gefühl, als ich sah, dass Mama immer noch nicht angezogen war. Sie trug einen Brustschützer mit Rüschen dran und passende

Unterhosen. Aber ich konnte sie nicht mehr warnen, weil der Postbote bereits Flugblätter durch den Schlitz an unserer Tür schob. Mama riss sie weit auf und lächelte ihn mit ihrem breitesten und furchterregendsten Erdlingslächeln an.

„Ihnen muss kälter sein als flüssiger Stickstoff, Sie armer Postmann. Kommen Sie doch auf einen Eimer Bier herein", kreischte sie (sie hat es immer noch nicht raus, wie sie die Lautstärke ihrer Erdenstimme kontrollieren kann).

Genau in diesem Augenblick erhaschte ich einen flüchtigen Blick auf unseren grässlichen Nachbarn Colin Snell, der an unserem Tor vorbeiging und mit einem überraschten Ausdruck im Gesicht in unser Haus starrte.

Der Postbote sah sogar noch überraschter aus als Colin und fing an, den Weg vor unserem Haus rückwärts wieder Richtung Straße zu stolpern. Da zoomte Papa nach draußen und stellte sich vor ihn.

„Es ist so nett von Ihnen, uns dieses ganze hübsche Papier vorbeizubringen", sagte er. „Es kommt immer genau rechtzeitig, damit wir uns am Morgen die Popöchen damit abputzen können. Und wenn wir schon von Popöchen sprechen, möchten Sie vielleicht die meiner Frau probieren? Sie sind frisch gebacken, ganz lecker mit Salat und Aprikose."

„Er meint Brötchen", flüsterte mir Furzina zu.

„Ich weiß", seufzte ich. Warum müssen sich Eltern immer so peinlich benehmen?

Es war offensichtlich, dass der Postbote nicht hereinkommen wollte.

Mittlerweile bin ich ganz gut darin, die Gesichtsausdrücke der Erdlinge richtig zu deuten. Es ist eigentlich ganz einfach, weil ihr einer Kopf immer nur jeweils eine Gefühlsregung auf einmal ausdrücken kann.

Aber dann kam Papa auf den Punkt.

„Wie würde es Ihnen gefallen, daraus ..." Er ließ seine Erdlingsgestalt schrumpfen, bis er nur noch ein Schatten seiner selbst war. „... DAS hier zu machen?" Er dehnte seine Streckermuskeln zu ihrer dreifachen Größe aus, und sein Mantel und seine Hose platzten mit einem so lauten reißenden Geräusch auseinander, dass Plucki wild zu bellen anfing.

Dem Postboten fiel die Kinnlade herunter.

„Oder daraus ...", sagte Mama und schrumpfte ebenfalls zusammen, „... DAS hier." Ihr Körper wölbte sich auf einmal so stark, dass ihr rüschenbesetzter Brustschützer mit einem geräuschvollen PLOING nach vorne schoss und sich um den Kopf des Postboten wickelte.

Der Postbote flüchtete auf die Straße und knallte mit voller Wucht in die Mülltonnen, während er verzweifelt versuchte, sich den Brustschützer vom Kopf zu ziehen.

„Du dummes Huhn!", schrie Papa sie an. „Warum hast du das getan? Und was in *Klongs* Namen hast du da überhaupt an?"

Mama verbarg ihren Oberkörper mit ihren Fangarmen (die natürlich wieder als Erdlingsarme getarnt waren) und stand nur noch in ihrer geblümten Unterhose da.

„Erdlingsmännchen lieben diese Art von Outfit!“, gab sie zurück. „Warte nur, bis der Milchmann kommt!“

In diesem Moment piepte Bert Papa zu, dass eine Nachricht der Geheimniskrämerdienste eingetroffen war. Papa stürmte nach oben und rief mir zu: „Sag deiner Mutter, dass sie mehr Kleider anziehen soll, und lass niemanden herein, bevor ich wieder unten bin.“

Aber es war wieder einmal zu spät. Der Milchmann stand schon mit dem Brustschützer in der Hand vor der Tür.

„Suchen Sie vielleicht den hier?“

„Vielen Dank, ich muss ihn am Postboten hängen gelassen haben“, erwiderte Mama, die nach wie vor ihre Fangarme um sich gewickelt hatte. „In unserem Schuppen erwartet Sie etwas ganz Wunderbares als Belohnung dafür, dass Sie uns jeden Tag diesen herrlichen Kuhsaft zum Baden bringen.“

Der Milchmann sah ziemlich beunruhigt aus, aber Mama, die keinen weiteren Misserfolg hinnehmen wollte, ließ ganz unerwartet ihren zentralen Strecker nach vorne schnellen und *waruumte* den unschuldigen Mann über ihre Schulter und geradewegs durch die Tür des Schuppens.

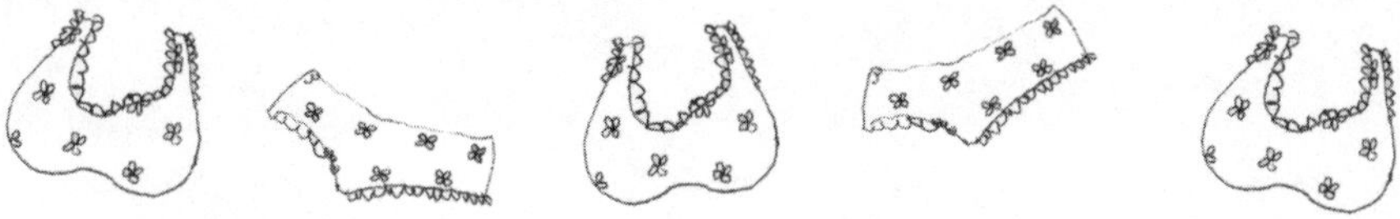

Ich schlängelte ihr hinterher, aber sie hatte bereits den Starthebel umgelegt. Die Verbesserungsmaschine glühte erst pink, dann grün und fing schließlich an zu zischen.

Papa kam nach unten geflogen, und Bert rollte ihm wild piepend hinterher.

„Was in *Klongs* Namen machst du da?“, kreischte Papa.

„Dem Milchmann hat mein Outfit gefallen, und er hat sich schnurstracks in die Verbesserungsmaschine begeben. Wir haben unser erstes Opfer!“

„Du dämliches Weibchen! Der Postbote ist groß und dünn, der Milchmann aber klein und rund. Du weißt doch, dass die Verbesserungsmaschine erst auf Größe und Gewicht eingestellt werden muss!“

„Ich dachte, du würdest dich freuen“, sagte Mama.

Bert und Papa zogen hektisch an den Hebeln und drückten alle Knöpfe an der surrenden Verbesserungsmaschine.

„BRECHE SYSTEME AB. AKITIVIERE AUSWURF“, grummelte Bert.

Kurz darauf kam der Milchmann aus dem Ausstoßschacht geschossen.

Er sah hübsch aus. Die Verbesserungsmaschine hatte ihm Köpfe und Gliedmaßen hinzugefügt, wenn auch alle an den falschen Stellen. Ein Kopf wuchs aus seinem linken Bein, ein anderer aus seiner Brust. Sein eigener Kopf war auf die Größe eines Glupschers zusammengeschrumpft, während ein zusätzlicher Kopf, der viermal größer war als sein normaler, aus seinem linken Fuß ragte. Darüber hinaus besaß er jetzt vierzehn Gliedmaße, die in verschiedenen Richtungen hervorstanden.

Alle vier Köpfe brachen in Tränen aus.

Bert drehte völlig durch. „VORGANG RÜCKGÄNGIG MACHEN."

„Ach, jetzt stell dich nicht so an", beschwichtigte ihn Papa. „Uns ist ein kleiner Fehler unterlaufen, das ist alles. Die Maschine hat wohl aus Versehen auf Sklaven-Funktion anstatt auf Muskel-Modus geschaltet. Das macht doch nichts, es sind noch eine Menge Erdlinge übrig. Den hier können wir einfach in die Mülltonne stecken."

„Erdverordnung: Entsorgung folgender Artikel verboten - entzündbare Flüssigkeiten, Nassbatterien, Hundekot, Blutprodukte, Erdlinge - tot oder lebendig", zitierte Bert. „Man beachte auch die Erdgesetzbestimmungen bezüglich tätlichen Angriffs, schwerer Körperverletzung, Mord ..."

„Schon gut, schon gut", sagte Papa zu Bert. „Aber Erdlinge bringen sich doch ständig gegenseitig um. Daher verstehe ich nicht, warum ihn irgendjemand vermissen sollte."

„Soldaten und Automobile verfügen über Lizenz zum Töten", erläuterte Bert weiter. „Wir nicht. Müssen Verbesserungsobjekt wiederherstellen. Vorgang rückgängig machen."

Widerwillig stopfte Papa den weinerlichen Milchmann zurück in die Verbesserungsmaschine und drückte Berts lautem Gepiepe zum Trotz auf *Rückgängig machen.*

Wir hielten alle die Luft an.

Doch das, was aus der Verbesserungsmaschine kam, war nicht derselbe Milchmann, den wir hineingeschickt hatten. Es war ein Baby-Milchmann, der wie das dicke rote Baby im Schwimmbadezimmer laut heulte.

„Ihr seid wirklich zu nichts zu gebrauchen", schimpfte Fur-

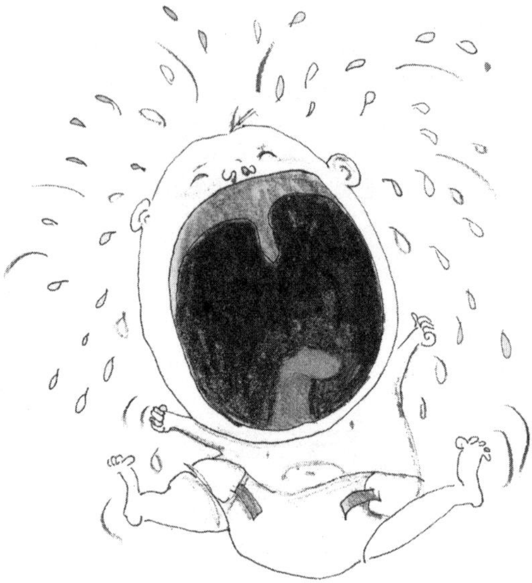

zina. „Ihr habt seine Lebenszeit rückgängig gemacht. Er sieht jetzt wieder so aus, wie er vor vielen Jahren einmal ausgesehen hat."

Furzina rannte hinüber und hob den Baby-Milchmann auf, der jetzt noch lauter brüllte. Dabei gab sie Papa Anweisungen, wie er die Verbesserungsmaschine bedienen sollte.

„Das wusste ich auch", murrte Bert, „aber er wollte einfach nicht auf mich hören."

Das Baby-Geschrei schwoll zu lauscherbetäubender Lautstärke an. Mr Snell von nebenan reckte den Kopf über den Zaun.

„Was ist denn das für ein Lärm? Ich habe Ihnen doch gesagt, dass Sie eine Baugenehmigung für diesen scheußlichen Schuppen brauchen. Jetzt ist er doppelt so groß! Ich werde Sie bei der Gemeinde anzeigen."

Zum Glück war Bert mit der Verbesserungsmaschine im Schuppen. Daher konnte Mr Snell ihn nicht sehen. Aber Mamas unvorteilhafte Kleiderwahl war dafür umso sichtbarer. Mr Snell lief rot an, tauchte ab und murmelte vor sich hin: „Sie werden sich noch den Tod holen. Es soll noch mehr Schnee geben."

Das Brüllen des Baby-Milchmanns erreichte mittlerweile die 110-Dezibel-Marke.

„Steck ihn wieder rein, wir müssen diesem fürchterlichen Krach ein Ende setzen", sagte Mama.

„Verbesserungsmaschine kann nicht in Nanosekundenschnelle gerichtet werden, Neueinstellungen notwendig", piepte Bert verärgert. „Erdlingssäuglinge beruhigen sich durch Wiegenliedfunktion, Säugung an Brustbeulen der Eltern, Hinternreinigung, Fangarmumwicklung."

„Sie mögen Kuhsaft", sagte Furzina und bot dem Baby eine der Flaschen des Milchmanns an. Aber es schrie daraufhin nur noch lauter.

„Schnell", sagte Mama zu mir. „Besorg Eis vom Laden an der Ecke, damit er endlich die Klappe hält. Es ist aus Kuhsaft und alle Erdlingskinder sind ganz verrückt danach."

Ich war noch nie in einem Laden gewesen. Dieser schien mit all den merkwürdigen Sachen voll zu sein, die Erdlinge offenbar zum Leben brauchen (Unmengen von Zeug zur Pflege ihrer kümmerlichen Frisuren und zur Beißerreinigung, Unterarmpinsel, um ihren Körpergestank zu reduzieren, Gummibänder, Büroklammern). Ich fragte eine Dame (ich konnte ihr ansehen, dass sie eine Dame war, weil sie eins dieser Rock-Dinger trug) nach Eis.

„In der Kühltruhe, Herzchen."

Eine ziemlich unangebrachte Bemerkung, wie ich fand. Ich ging in die Richtung, in die sie zeigte, und – OH SCHRECK – musste an einem großen Stapel von diesem zusammengerollten Papier vorbei, das Erdlinge zum Aa-Abwischen benutzen. Ich unterdrückte alle meine Geruchssysteme, eilte ganz tapfer daran vorbei, schnappte mir das Eis aus der Kühltruhe und stürmte nach draußen. Ich hätte es nicht ertragen, noch einmal an diesem Klopapier-Berg vorbeizugehen.

Als ich nach draußen eilte, hörte ich das Weibchen schreien: „Komm zurück, du Lausebengel. Du hast nicht bezahlt!"*

Ich zoomte zurück zum schreienden Milchmann, riss die Packung auf und steckte ihm einen Eisstab in den Mund. Er spuckte ihn in alarmierender Geschwindigkeit wieder aus.

„Das ist kein Eis", bemerkte Furzina mit einem Blick auf die Packung. „Das sind Fischstäbchen."

Kannst Du es fassen, Rokko, dass Erdlinge kleine Fische in Stäbchen schneiden und einfrieren?

Zum Glück hatten Bert und Furzina mittlerweile die Verbesserungsmaschine richtig eingestellt. Wir steckten den kreischenden Mini-Milchmann hinein und hielten noch einmal den Atem an.

Nach vielem lautem Ächzen und Ruckeln glühte die Verbesserungsmaschine gelb und grün, zischte und spuckte den Milchmann am anderen Ende aus!

* *Eigentlich hat sie etwas viel Unanständigeres gesagt, aber das darf ich in keinen meiner Münder nehmen.*

Er war wieder erwachsen, nur größer und mit aufgeblähten Armen wie die vom Badezimmermeister. Und ihm war eine Frisur gewachsen!

„Ich hab jetzt einen Waschbrettbauch", sagte er und lächelte seine Brust an. Dann fuhr er sich mit den Fingern durch seine neue Frisur. „Damit könntet ihr ein Vermögen machen."

„Meine Gattin wird Ihnen Flugblätter geben, damit Sie all Ihren Freunden davon erzählen können", sagte Mama und zeigte auf Papa, der gerade aus dem Schuppen kam.

„Ihre Gattin?", wiederholte der Milchmann und starrte Papa an.

„Sie meint natürlich Gatte, sie ist ein wenig verwirrt", erklärte Papa. „Und dann hat sie auch noch viel zu wenig an", fügte er hinzu, während er dem Milchmann einen Stapel Flugblätter in die Hand drückte und ihm einen Packen „Geld" aus Papier unter den Rüssel hielt. „Wenn Sie die hier in allen Häusern verteilen, die Sie besuchen, gebe ich Ihnen Tausende dieser Scheine."

GRATISFITNESSCLUB UND -SCHÖNHEITSSALON

GEWALTIGE ÖFFNUNG

FREYTAG X UHR ANTE MERIDIAN
WEIBCHEN SEHR WILLKOMMEN !!!!!!!!!
ESSBARES UND GETRÄNKE (Whisky, Gurkenpopöchen, Kuhsaftlimonade, gebratene Salate, gegrillte Brote usw.)
BAUEN SIE HÜBSCHE AUFGEBLÄHTE ARME UND HINTERN AUF !
BRUSTPERÜCKEN FÜR MÄNNCHEN !
GROSSE, HÜPFENDE BRUSTBEULEN FÜR DAMEN !!!!!
EXPLODIERENDE FRISUREN FÜR ALLE!
SCHRUMPFEN SIE LANGE, SPITZE RÜSSEL!
VERLIEREN SIE WABBELIGE, AUSGELEIERTE SPECKSCHWARTEN !
BÜGELN SIE IHRE HÄSSLICHEN FALTEN WEG !
HÄNGEGESICHTVORBEUGUNG !

„Nein, stopp! Benutzen Sie lieber mein Flugblatt hier", sagte Furzina und drückte dem verwirrten Milchmann einen noch größeren Stapel Flugblätter in die Hand, bevor er pfeifend davonwankte.

FEIERLICHE ERÖFFNUNG

GRATISFITNESSCLUB UND -SCHÖNHEITSSALON

FREITAG 10.00 UHR

Für Speisen und Getränke ist gesorgt.

ALLE WILLKOMMEN!

MUSKELAUFBAU
KÖRPERSTYLING UND KRÄFTIGUNG
PROFI-HAARSTYLING
RÜSSELNEUGESTALTUNG
GEWICHTSREDUZIERUNG
FALTENMINDERUNG
GESICHTSSTRAFFUNG

Entspannen Sie sich in wunderbarer Atmosphäre.

Morgen gehen wir in den Zoo, um Pluckis Welpen zu befreien und andere Wesen zu fangen. Susan kommt auch mit.

Dein Freund in Unendlichkeit,

Flup

MISSION ERDE: TAG VIER SONNTAG

Hey Rokko,

Susans Mama ist Busfahrer und hat angeboten, Susan und mich in ihrem großen, roten Bus zum Zoo zu fahren. Papa hat sich wie immer schrecklich aufgeregt.

„Ich weiß, dass Erdlinge ihre Weibchen fahren lassen, aber der *Klong* soll mich holen, wenn dich eins durch die Gegend fährt."

„Aber der dusselige Flugzulp fliegt uns doch auch durch Squillionen Galaxien", hielt ich dagegen.

Papa lenkte schließlich ein und gab mir ein Mobiltelefon. „Das sind primitive Geräte, die Erdlinge benutzen, weil sie keine telepathischen Fähigkeiten besitzen", erklärte er. „Aber damit kannst du die Notfalldienste anrufen, falls du in Schwierigkeiten gerätst."

Als wir uns verabschiedeten, drückte mir Furzina ein Paket in die Hand. „Könnte nützlich sein“, meinte sie nur.

Der Bus war sehr geschmackvoll eingerichtet. Der Boden war bläulich grau gesprenkelt (genau wie Dein Cousin), und die Sitze waren orange, braun und blau geschnörkelt (wie die Lieblingsfrau des Kaisers). So ein Bus ist ein ziemlich ruckeliges Transportmittel, Rokko. Viele alte Erdlinge schienen um ihr Leben zu fürchten, als sie an den verschiedenen Halteplätzen aus- und einstiegen. Und überall hingen verwirrende Anweisungen, wie *Notausgang* und *Behindertensitzplatz.* Eine Anweisung lautete sogar, dass man die *Scheiben einschlagen* soll.

Susan hat mir gesagt, dass dieses Zeichen „Rauchen verboten“ bedeutet.

Ich weiß, dass wir brutzeln und rauchen, wenn alle unsere vier Köpfe gleichzeitig wütend sind, aber hier habe ich noch niemanden brutzeln und rauchen sehen. Deshalb fragte ich Susan, in welchem Gemütszustand Erdlinge rauchen. Sie sagte, es hätte nichts mit ihren Gefühlen zu tun, sondern mit kleinen Papierröhrchen voller Giftstoffe. Die stecken sich die Erdlinge in den Mund und zünden sie an – aus Spaß!

Als ich aus den Fenstern blickte, kam mir der Gedanke, dass Erdlinge sich mit ihren eigenen Gedanken wohl sehr langweilen, denn überall, wo sie hingehen, hängen sie große Bilder zum Betrachten auf. Sie haben sogar die Innenwände des Busses damit dekoriert.

Man würde meinen, dass diese Bilder total aufregende Dinge zeigen würden, um Erdlingslangeweile zu bekämpfen. Merkwürdigerweise sind darauf jedoch nur Erdlinge zu sehen, die überhaupt nichts Interessantes machen – außer ihr schreckliches Lächeln zu lächeln, während sie in Autos sitzen, in Küchen stehen, Säuglinge halten, auf Sand liegen oder ihre Frisuren kämmen. Allerdings hatte Mama recht, was Brustschützer und Unterhosen angeht – auf den Bildern sind viele Erdlingsweibchen so angezogen.

Susan hat mir erklärt, dass man diese Bilder als „Werbung" bezeichnet. Sie zeigen schnellere Autos, tollere Küchen, schönere Frisuren, hübschere Orte zum Auf-dem-Sand-Liegen oder bravere Säuglinge, als Erdlinge sie normalerweise besitzen. Und sie besagen, dass Erdlinge diese viel besseren Dinge haben könnten, wenn sie eine Menge Geld dafür ausgeben. Außerdem soll es sie angeblich glücklicher machen.

Wörter wie NEU, BESTE, KOSTENLOS und GESUND kommen darin sehr oft vor und beschreiben Dinge, die nicht neu oder besser sind als andere Dinge, Geld kosten und schlecht für einen sind.

Aber schon bald wurde unsere Busfahrt interessanter. Die Straßen füllten sich auf beängstigende Weise. Die Behausungen dehnten sich aus, so als hätte jemand viele mickrige Häuser wie unseres aufeinandergestapelt. Ständig blitzten rote, grüne und orangefarbene Lichter auf den Straßen auf, weil Erdlinge die Aufprallkoordinaten mit ankommenden Objekten nicht voraussehen können. Deshalb müssen sie wie blinde *Plörnwuums* bei jedem Hindernis an der Hand geführt werden.

Ich habe jedoch mehrere wunderbare neue Wesen auf Rädern entdeckt. In mancherlei Hinsicht ähneln sie den Erdlingen. Diese hier waren aber eindeutig unbezwingbar, so wie sie sich durch die Unmengen furchterregender Fahrzeuge durchschlängelten – so ein bisschen wie unsere *Narduuns.*

„Wie nennt man die?“, fragte ich Susan.

„Radfahrer“, sagte sie.

„Sind sie eine überlegene Spezies oder Haustiere?“

Susan schaute mich an, als wäre ich ein Außerirdischer. (Haha. Siehst Du? Allmählich *verstehe* ich Witze.)

„Das sind Menschen, du Dussel“, erwiderte sie. „Entschuldige bitte, aber ich vergesse immer wieder, wie wenig du weißt.“

Von jemandem, der noch nicht einmal die vierte Dimension erlebt hat, fand ich diese Bemerkung ganz schön unfair.

„Warum lässt du dir nicht auch ein paar Räder wachsen wie sie? Das ist doch viel besser als dieses lahme Gehen.“

„Das ist ein Fahrrad“, erklärte sie. „Es ist eine Person auf einem Fahrrad. Die schnellen nennt man Motorräder. Das sind keine anderen Wesen.“

Ich betrachtete die Radfahrer etwas genauer, und bald konnte ich erkennen, dass es tatsächlich Erdlinge *auf Maschinen* waren.

„Susan! Norman! Wir sind da“, rief Susans Mama. „Ich

komme in zwei Stunden wieder hier vorbei, wartet also an der Haltestelle auf mich", sagte sie. Wir stiegen aus.

Zum Glück hatte mir Mama ein wenig von dem Geld gegeben, das sie ausgedruckt hatte. So konnte ich unsere Eintrittskarten bezahlen.

Also, Rokko, von Musik einmal abgesehen, war der Zoo das Beste, was ich bisher auf der Erde entdeckt habe. Es gibt eine große Vielfalt an Erdenwesen, und sie sind überaus intelligent. Allerdings sind viele von ihnen riesig! Ich hatte erwartet, dass sie alle so groß sind wie Pudel.

Aber nein! Die Giraffe, zum Beispiel, ist ein edles, elegantes Tier, das etwa fünf Meter groß ist. So kann es auch hochgewachsene Pflanzen fressen. Außerdem hat es hübsche Tupfen am ganzen Körper. Es tut gut, etwas zu sehen, das so groß ist, wie ich es normalerweise bin. In den Bus von Susans Mama hätte die Giraffe jedoch nicht gepasst.

Ich habe mich gefragt, ob ich wenigstens einen Affen mit nach Hause nehmen könnte, da sie so groß sind wie Menschenkinder. Erdlinge haben sich erst vor ein paar Millionen Jahren aus Affen entwickelt, was wieder einmal beweist, dass die Evolution manchmal ganz schön nach hinten losgehen kann. Die Affen waren nämlich vernünftig genug, weiterhin ihr Fell zu tragen und Gemüse zu essen. Deshalb brauchen sie keine Kleidung oder Geld.

Auf Faa werden die Spezies durch die Evolution grundsätzlich verbessert. Die Vorfahren der Menschen sind jedoch unendlich attraktiver als die Menschen selbst.

Die Tiere haben sich sehr gefreut, mich zu sehen. Da ihre Sinnesorgane viel feiner sind als die der Menschen, konnten sie meine außerirdische Gegenwart spüren. Dank meines Trans-Spezies-Übersetzungsgehirnlappens konnte ich diese Wesen auch problemlos verstehen. So fiel es mir nicht schwer, mich mit ihnen zu unterhalten. Doch es machte mich traurig zu erfahren, dass sie nicht gerade glücklich darüber waren, in ihren Gehegen eingesperrt zu sein. Viel lieber würden sie frei herumlaufen. Ich hätte nicht übel Lust, sie alle freizulassen, muss mich aber damit zufrieden geben, vorerst nur ein paar von ihnen zu retten.

Die Löwen, die Könige der Tiere, waren unter den Ersten, die mit mir Kontakt aufnahmen und zur Begrüßung auf mich zugestürmt kamen. Ich bin mir sicher, dass sie eine verwandte Seele in mir erkannt haben. Der Kaiser sagt ja immer, dass wir Faadinger Könige des Universums sind.

„Sie scheinen dich zu mögen“, flüsterte mir Susan zu, während sie diese majestätischen Tiere mit weit aufgerissenen Augen betrachtete. Ich konnte sie vor lauter Willkommensbekundungen der Löwen kaum verstehen, auch wenn es Susan so vorkam, als würden sie nur die Zähne fletschen, gähnen oder gelegentlich ein Knurren von sich geben.

„Du hast ja keine Ahnung, Kumpel", wandte sich der erste Löwe an mich, „wie schön es ist, endlich jemanden zu treffen, mit dem man ein anständiges Gespräch führen kann. Entschuldige die Frage, aber was macht so ein Prachtkerl wie du mit so 'nem Gnu wie ihr?"

„Sie ist eine Freundin", erklärte ich ihm. „Manche Menschen sind gar nicht so übel."

Der Löwe dachte darüber nach. „Unser Wärter ist eigentlich kein schlechter Kerl. Wenn er nur aufhören würde, mich ständig Simba zu nennen, obwohl ich Detlef heiße."

Die Löwen empfahlen mir, mit den Elefanten zu plaudern. Ihrer Ansicht nach waren sie die einzigen anderen Tiere im Zoo, mit denen es sich lohnte zu reden.

Susan hatte natürlich kein Wort verstanden. Ich bin mir auch nicht sicher, ob sie mir glaubte, als ich es ihr erzählte. Aber wir gingen trotzdem zu den Elefanten, um uns mit ihnen zu unterhalten.

„Kommt ihr von weit her?", fragte der größte Elefant.

„Ja, wir kommen vom Planeten Faa", erwiderte ich.

„Verstehe, verstehe. Macht es dir etwas aus, wenn ich mich kurz dusche?"

Der Elefant steckte seinen langen, röhrenartigen Rüssel in eine große Wanne Wasser, saugte eine große Menge auf und sprühte sie dann über sich selbst. Susan klatschte. Aber wie soll ich dieses großartige Tier einfangen? Und selbst wenn es mir gelingt, wie soll ich es zu unserem lächerlich kleinen Haus transportieren? Wo soll ich es unterbringen?

Ich muss zugeben, Rokko, dass ich meine Mission nicht besonders sorgfältig durchdacht habe.

„Es ist jetzt Zeit, Pluckis Welpen zu befreien", flüsterte mir Susan zu. Ich hatte mir so den Kopf über die unerwartete Größe der Tiere zerbrochen, dass ich die Welpen ganz vergessen hatte. Wir folgten den Schildern:

WELPEN AUS DEM ALL?

ODER EINE BRANDNEUE SPEZIES?

UNSERE FORSCHER GEHEN DER SACHE AUF DEN GRUND:

BESICHTIGUNG

14 bis 16 Uhr

Die Warteschlange vor dem Gehege von Pluckis Welpen reichte fast um den gesamten Zoo herum. Dabei handelt es sich um eine weitere seltsame Erdlingsangewohnheit: Sie stehen für beinahe alles Schlange, während wir einfach wieder gehen und uns erst einmal mit etwas anderem beschäftigen würden.

Susan und ich setzten uns auf eine Bank, um uns einen Plan zu überlegen.

„Hey, Furzina hat dir doch ein Paket gegeben, als wir gegangen sind. Hat sie nicht gesagt, dass es nützlich sein könnte? Was ist denn drin?“, fragte Susan.

Wir öffneten Furzinas Paket. Darin lagen ein großer, dunkler Erdlingsmantel und eine Mütze, auf der in goldener Schrift *Zoowärter* stand.

„Was soll ich denn damit anfangen?“, fragte ich.

„Fürzchen ist *so* schlau“, erwiderte Susan und nahm den Mantel. „Wir sind nur leider zu klein. Kannst du deine Fangarme ausdehnen, um wie ein Erwachsener auszusehen?“

„Nicht lange“, erwiderte ich. „Meine Tarnung würde sich ganz auflösen, wenn ich meine Fangarme länger als ein paar Minuten herausstrecke.“

„Na, dann kletter auf meine Schultern. Wir ziehen den Mantel einfach über uns beide, und du kannst die Mütze aufsetzen. Dann können wir an allen vorbeispazieren."

Und genau das taten wir dann auch.

Als die Leute das Wort *Zoowärter* auf meiner Mütze lasen, traten sie sofort zur Seite, und wir schwankten an den Anfang der Schlange.

Wir hatten Glück, Rokko. Es war fast vier Uhr. Man hatte die Welpen aus ihrem netten Gehege voller Spielsachen und Leckereien in einen kleinen Käfig gesetzt, um sie zur Fütterung zu bringen. Sie erkannten mich sofort und rannten wuffend und sabbernd zum Käfiggitter.

Ich stellte meinen Stimmapparat auf einen tieferen Modus ein (männliche Menschen müssen ihre Stimmen „brechen", bevor sie Männer werden), sagte „Fütterungszeit", hob den kleinen Käfig hoch und marschierte davon. Oder besser gesagt, Susan marschierte davon, während ich mich verzweifelt an ihr festklammerte. Obwohl sie durch die Knopflöcher spähte, stießen wir unterwegs ständig mit irgendwelchen Leuten zusammen.

„Das ist unfair, wir haben die Welpen gar nicht richtig gesehen“, heulte ein Kind und drückte seiner Mama sein Eis gegen die Beine. Plötzlich fingen auch andere Kinder an, auf- und abzuspringen. Mehrere Erdlingssprösslinge rannten mir und Susan hinterher, zogen an unserem Mantel und brachten uns ins Schwanken – wie ein *Ulkwatzler* bei starkem Wind.

„Bringt die Welpen zurück, bringt die Welpen zurück!“, schrien sie im Chor.

„HALT!“, rief Susan unter dem Mantel hervor, als die Kinder,

so fest sie konnten, daran zogen und zerrten. Erdlinge können leider ihr Gleichgewicht nicht gut halten. Ich ahnte, dass wir hinfallen und unsere Rettungsaktion scheitern würde. Deshalb streckte ich einen Greifer in voller Länge aus, griff nach einem Ast und schoss mit den Welpen so schnell, dass mich niemand sehen konnte, aus dem Mantel in einen Baum über mir. Susan schwankte wie ein verängstigter Mantel auf Beinen im Kreis. Die Kinder kreischten.

„Der Mann hat seinen Kopf verloren!", schrie ein Sprössling.

Die Mama eines der Kinder ließ einen Schrei fahren, gab einen Seufzer von sich und kippte um. Erdlinge haben die Fähigkeit, in den merkwürdigsten Momenten einzuschlafen, Rokko.

Manche Kinder klatschten in die Hände, andere weinten. Susan hielt ein Auge an ein Knopfloch und rannte davon, während sie sich den Mantel weiter über den Kopf zog. Ich folgte ihr durch die Bäume, indem ich mich mit meinem Greifer von Ast zu Ast schwang.

„Der Affe hat die Welpen gestohlen!", brüllte das Kind, das als Erstes nach oben sah. Alarmgeräusche gingen jetzt im Zoo los, und ich sah, wie die echten Zoowärter auf die Menge zurannten. Wir erreichten jedoch noch vor ihnen ein paar Büsche hinter den Toiletten, steckten einen Welpen in jede Tasche des großen Mantels und spazierten im selben Augenblick, als alle anderen hineinrannten, plaudernd aus dem Klo – während Susan den Mantel jetzt über die Schulter geschlungen hatte.

„Habt ihr einen kopflosen, rennenden Mantel und einen Affen mit zweiköpfigen Welpen gesehen?“, fragte uns ein Zoowärter, als wir an ihm vorbeigingen.

„Ja, haben wir. Die sind da lang“, sagte ich und zeigte in die entgegengesetzte Richtung vom Ausgang. Alle stürmten los und Susan und ich schlenderten aus dem Zoo.

Meine Zoowärter-Uniform hatte übrigens ganz anders ausgesehen als die echte Zoowärter-Uniform*, aber zum Glück gehorchen Erdlinge Leuten in Uniform blind.

Wenn jemand, der wie ein Arzt angezogen ist, sie auffordert, alle ihre Kleider auszuziehen, tun sie es. Wenn jemand einen weißen Kittel anhat und sich als Zahnarzt bezeichnet, lassen sich Erdlinge einfach so alle ihre Beißer entfernen. In einem

* *Ich habe später herausgefunden, dass Furzina die Mütze in der „Spielekiste“ und den Mantel unter Papas Erdlingsverkleidungen gefunden hatte.*

Buch habe ich gesehen, dass sogar Erdlingseinbrecher Uniformen tragen. Sie bestehen aus gestreiften Oberteilen und schwarzen Masken. Das ist gut, denn das macht es bestimmt viel leichter, sie zu fangen.

Wir standen an der Bushaltestelle und lauschten den Sirenen und Lautsprecheransagen. Zwei Minuten später kam Susans Mama mit ihrem Bus angefahren und setzte mich in der Nähe meines Hauses ab.

Plucki war völlig aus dem Häuschen, seine Kinder wiederzu-

sehen. Die Snells dürfen auf keinen Fall wissen, dass sie hier sind. Deshalb haben wir ihnen in meinem Zimmer ein Nest gebaut.

Papa meinte, wir hätten schon genug Sorgen und müssten nicht auch noch zehn weitere Münder durchfüttern. „Sie könnten die Flauschigen Verbündeten sein, von denen die Schreggs gesprochen haben!“, warnte er.

„Papa, das sind Pluckis Welpen“, erinnerte ich ihn. „Und *ich* glaube, die Flauschigen Verbündeten könnten die Wiffel-Biffel sein.“

„Ha!“, sagte er und warf einen flüchtigen Blick auf die *Enzyklopädie der Raubwesen.* „Du hast dich vielleicht als tapfer und treu erwiesen, aber wir suchen nach etwas viel Unheimlicherem als einer flauschigen Kugel. Eine schrecklich gemeine Bestie mit Klauen, finsterem Blick und tödlichen Hauern, gerissen und doch …“

„Ja, ja“, unterbrach ich ihn. Papa kann manchmal echt übertreiben, wenn er anfängt, heroische Reden zu schwingen. „Aber wir dürfen die Wiffel-Biffel nicht unterschätzen. Im Universum

erzählt man sich schreckliche Geschichten über sie. Hat Kurt, der König der Schreggs, nicht etwas von Pink gesagt? Die Wiffel-Biffel sind pink und flauschig. Ich weiß darüber Bescheid, weil Rokkos neunter Großvater uns erzählt hat ..."

„Die fehlerhafte Übersetzung eines Schreggs und die Aussage eines Faadings, der jeden einzelnen Verstand verloren hat, kann man wohl kaum als glaubwürdig bezeichnen, Fluppipi", schnitt mir Papa das Wort ab.

Da ich Papa nicht überzeugen konnte, besuchte ich Bert in seinem Zimmer. Vielleicht würde er mir ja glauben. Bert hat den größten Raum im Haus, weil er ihn mit einer Menge von Drähten, Zangen, Hebeln, Beilen, Rädern, Stahl, Katapulten, Trichtern, Tunneln, Auslösern, Baggern und allen möglichen anderen Apparaten füllt, die sich häufig als unglaubliche Erfindungen herausstellen. Diesmal war sein Zimmer noch voller als sonst. Die meisten Sachen türmten sich in einer Ecke zu einem riesigen Haufen aus Kabeln und einem Gewirr von Rohren auf, über den ich beim Hereinkommen stolperte.

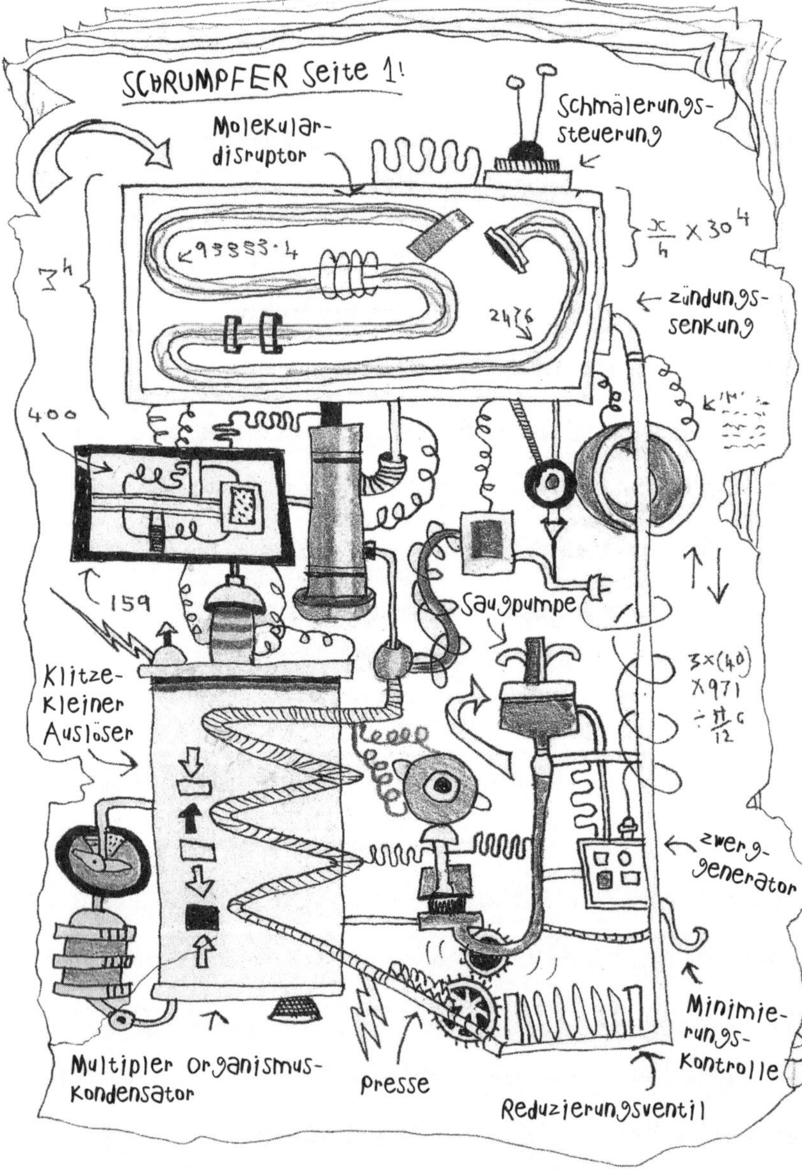

Berts SCHRUMPFER-Diagramm
umfasst hundert Seiten …

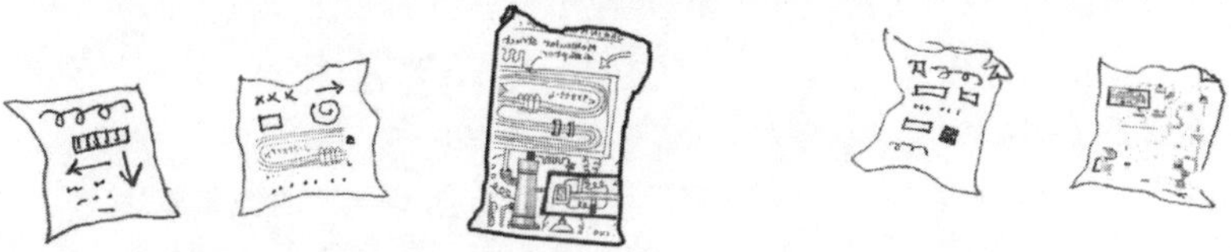

„Was ist das alles?“, fragte ich ihn.

„Schrumpfer“, fuhr Bert mich an. „Als Waffe gegen Flauschige Verbündete gedacht. Ist aber nutzlos.“

„Ein Schrumpfer? Um Sachen zu verkleinern?“, fragte ich nach. „Bert, genau so etwas brauche ich.“

„Nutzlos“, wiederholte Bert und klang verärgert. „Sollte Molekularstruktur auseinanderbrechen und multiple Organismen kondensieren – Daten jedoch fehlerhaft, habe die Blinker voll davon, nutzlos.“

„Wir werden ihn vielleicht noch brauchen“, wandte ich ein. „Die Wiffel-Biffel sind im Anmarsch.“

„Inkorrekt. Vierzehn Millionen flauschige Spezies in Nachbargalaxien. Wiffel-Biffel ganz unten auf der Liste der Verdächtigen. Wenn Wiffel-Biffel die Feinde sind, anderes Abschreckungsmittel vonnöten“, sagte Bert. Er drückte ein paar Knöpfe auf seiner Modul-Megasteuerung und Listen voller schrecklicher, flauschiger Wesen erschienen.

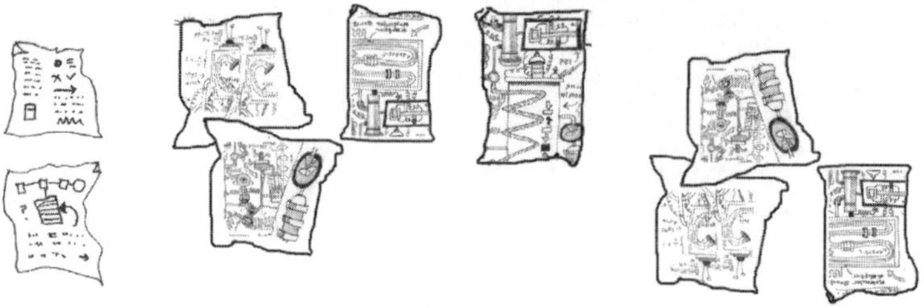

„Was für ein Abschreckungsmittel?“, fragte ich.

„Gesättigtes Fett, Protein, Kalzium …“

„Vanillecreme“, sagte ich, während ich meine Gedächtnisbank der Erdlingsnahrungsmittel durchging. „Susan und Roddy essen die jeden Tag in der Schulkantine.“

Bert schwieg starrköpfig, piepte aber eine Weile leise vor sich hin. Er kann es einfach nicht leiden, wenn ich etwas besser weiß als er.

„Das ist ein Erdlingsnachtisch, Bert“, ließ ich nicht locker. „Eine gekochte Mixtur aus Kuhsaft und Ei-Herzen. Welche Wirkung hat sie auf die Wiffel-Biffel?“

„Flauschverlust, extremer Temperaturabfall, unmittelbar einsetzende Identitätskrise.“

„Ihnen fallen die Haare aus, dann wird ihnen kalt, und sie sind verwirrt?“

„Korrekt. Und sie werden von Blatkerzuppifluum angezogen“, erklärte Bert. Aber ich konnte ihm ansehen, dass sich nur ein Zehntel seiner Schaltkreise mit der Sache befasste.

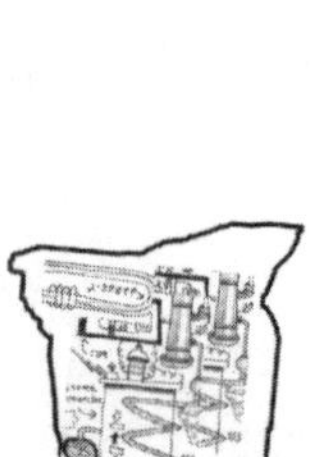

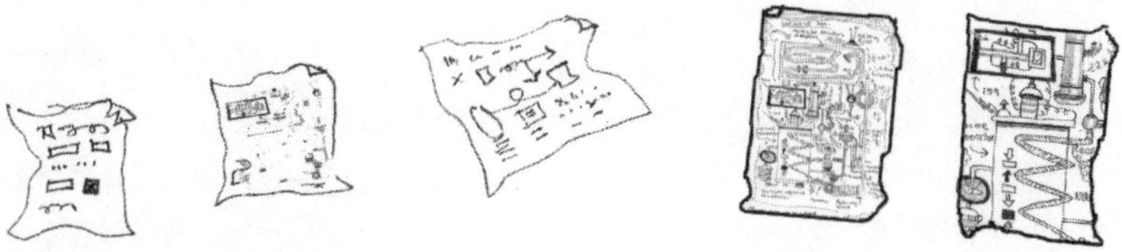

„Hier auf der Erde ist das als eine Mischung aus Zellulose, Lignin und verschiedenen Kohlenhydratpolymeren bekannt“, schloss ich schnell. „Kurz gesagt: Pappkarton.“

„Blatkerzuppifluum“, korrigierte mich Bert, der immer ganz pingelig auf die richtige Bezeichnung achtet. „Wiffel-Biffel würden alles dafür tun.“

„Das stimmt, Bert. In der Enzyklopädie stand, dass sie Schachteln über alles lieben. Pappkarton, klar! Und sie sind gegen die Farbe Gelb allergisch. Vanillecreme ist gelb.“

„Erdbutter gelb! Erdpulli gelb! Erdblumen gelb! Trübe kleine, mickrige Erdensonne gelb! Alles Gründe für Wiffel-Biffel, nicht hierherzukommen. Viele andere gelblose Planeten!“

Na gut, wenn ich Bert schon nicht überzeugen konnte, dass die Wiffel-Biffel unsere Feinde waren, konnte ich mich zumindest um meinen zweiten Plan kümmern.

„Lieber Bertie-Schwertie“, schmeichelte ich ihm, „kann ich dich um einen Gefallen bitten? Könntest du noch einmal versuchen, den Schrumpfer funktionstüchtig zu machen? Wir

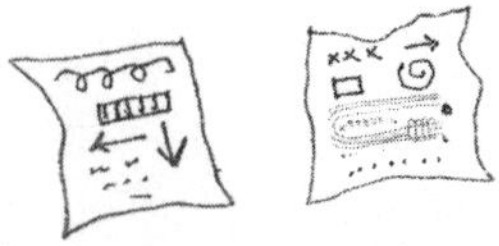

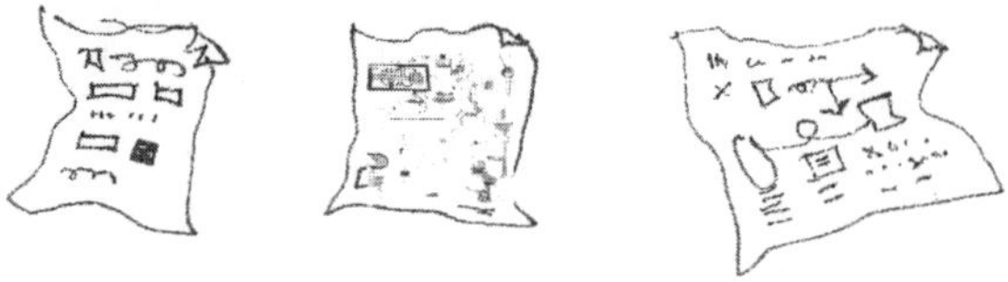

brauchen ihn dringend, um für unsere Mission die verschiedenen Tierexemplare einzusammeln. Viele der Zootiere sind sehr groß."

Bert wurde ganz still und summte nur noch vor sich hin.

Ich glaube, es macht ihm langsam zu schaffen, dass so viel von ihm abhängt.

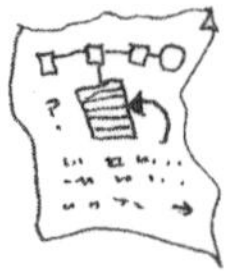

„Okay, Bert", sagte ich. „Ich lass dich jetzt in Ruhe. Aber kann ich mir für eine Weile deine Schrumpfer-Bauteile ausleihen?"

Bert schien das völlig egal zu sein. Hoffentlich ist er nicht am Rande des Schaltkreis-Zusammenbruchs. Ich hievte den Berg Schrumpfer-Bauteile durch die Tür und schloss sie leise.

Wie soll ich nur aus all dem schlau werden, Rokko? Aber morgen habe ich eine Doppelstunde Mathe. Jippie!

Flup

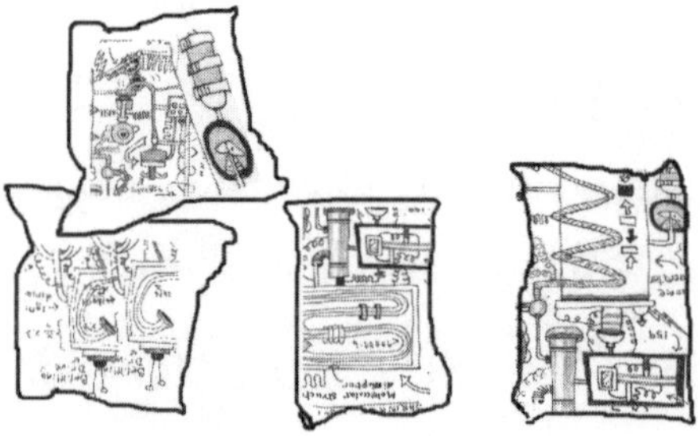

MISSION ERDE:
TAG FÜNF MONTAG

Lieber Rokko,

Mama ist ganz aufgeregt, weil ihr neuer „Staubsauger" angekommen ist.

„Er saugt den ganzen Staub sogar besser weg als ein Sklave", trällerte sie beim Frühstück. „Kommt und helft mir, den Schnee wegzusaugen."

„Nein", sagte Furzina. „Ich habe den Rüssel gestrichen voll davon, Teppiche zu bügeln und Wasserkocher aufzuräumen. Ich hasse euch alle. Vor allem dich", platzte sie heraus und verpasste mir einen Tritt.

„Wieso trittst du mich?"

„Du hast dich nicht mal dafür bedankt, dass ich dir bei der Rettung von Pluckis Welpen geholfen habe", fauchte sie.

„Es tut mir leid, Fürzchen. Ich weiß, du bist sauer, weil du den ganzen Tag zu Hause bleiben musst, während ich in der Schule bin. Aber hör mal, du könntest mir da bei etwas helfen." Ich zeigte ihr die Bauteile von Berts Schrumpfer.

Sofort hatte Furzina wieder bessere Laune. Sie ist ganz wild auf Herausforderungen.

Am Schultor war der Diebstahl der Welpen aus dem Zoo Thema Nummer eins.

Colin Snell wedelte mit der Zeitung herum.

„Das sind UNSERE Welpen, wir wollen sie zurück!", schrie er.

„Ich dachte, dein Vater hätte sie an irgendwelche Wissenschaftler verkauft", sagte Susan.

Als Colin mich sah, wechselte er das Thema. „Oh, hallo, Norman. Warum hat deine Mama denn in ihrer Unterwäsche mit dem Postboten geredet?"

Ich ahnte, dass das eine fiese Frage war, denn Orville Muffin stupste Aaron Ratchet an, und beide fingen an zu grinsen.

Die Doppelstunde Mathe war ein totaler Reinfall, Rokko. Ich dachte, das bedeutet, dass die Matheaufgaben doppelt so schwer sein würden. Dabei waren es einfach nur zwei Stunden Mathe hintereinander.

Wir spielten „Mathe-Olympiade". Das ist Miss Barns Versuch, Mathe lustiger zu machen. Leider waren ihre Arbeitsblätter viel zu einfach, um auch nur annähernd lustig zu sein, Rokko.

2 + 8 − 1 = ?   3 × 4 = ?

wie Du siehst, sind diese Aufgaben schrecklich einfach.

$$3\sqrt{360000} \times 4^{12}\, r \times \frac{300{,}000^{2}}{46900}$$

Sie sagte, wer als Erster fertig ist, würde einen Smiley-Aufkleber bekommen. Aber da ich gelernt habe, nicht bei allem der Beste zu sein, habe ich mir stattdessen die Zeit damit vertrieben, über ein paar der schwierigsten Mathe-Probleme der Erde zu grübeln. Bert hat mir von der Riemann'schen Hypothese erzählt, einem Mathe-Problem, das auf der Erde noch ungelöst ist. Und das, obwohl es sich dabei ganz klar um den Tuunfluut-Lehrsatz handelt, den Faa-Mathematiker bereits im vierten Quadratischen Zeitalter nachgewiesen haben.

Ich beschloss, die Lösung noch vor dem Ende der Stunde zu finden.

„Was ist das für ein Gekritzel? Wo ist dein Arbeitsblatt, Norman?", wollte Miss Barn wissen, als sie einen Blick auf meine Berechnungen warf.

„Es geht um Primzahlen-Muster, Miss Barn", erwiderte ich. „Computer haben gezeigt, dass die ersten zehn Trillionen Nullen in dieser Sequenz ein geometrisches Muster bilden. Nun muss ich herausfinden, wie es die Energiemuster in Atomen widerspiegelt."

„Wovon in aller Welt redest du da, Norman?"

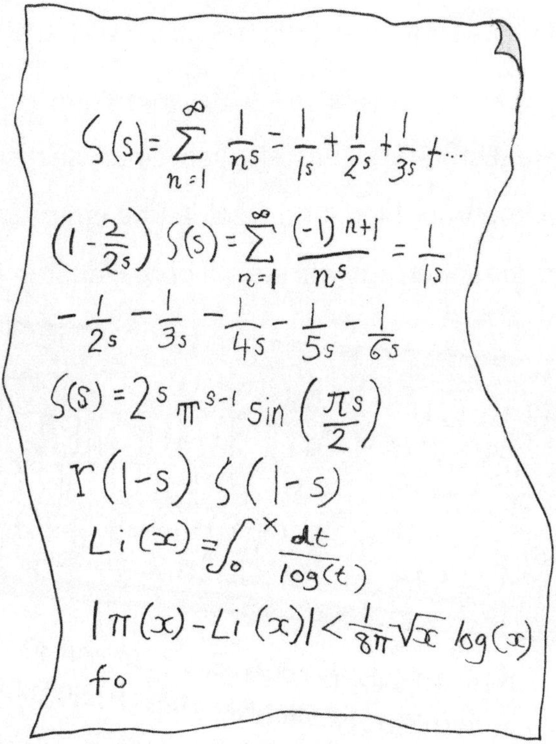

„Entschuldigung, Miss Barn, ich weiß nicht, was über mich gekommen ist. Ich finde die Arbeitsblätter, die Sie uns gegeben haben, ganz schön schwer", antwortete ich schnell. „Mathe ist nicht gerade meine Stärke."

Miss Barn sah erleichtert aus. „Vielleicht solltest du lieber zur Wolfsgruppe wechseln", sagte sie. „Ihre Aufgaben sind ein bisschen einfacher." Deshalb setzte ich mich zu Annie Spratt und Aaron Ratchet und bastelte Objekte aus Papier. Wie immer heulte Annie Spratt.

Um sie aufzuheitern, bastelte ich einen sechsdimensionalen Würfel, mehrere fliegende Ozoide und ein paar achteckige Pyramiden. Sie sahen aus wie die auf dem Planeten Qwertzuiop.

Die erste Erdentastatur wurde von einem Besucher vom Planeten QWERTZUIOP erfunden.
Das erklärt auch die merkwürdige obere Zeile, die Erdlinge nach wie vor benutzen.

Alle scharten sich um den Wölfe-Tisch.

„Abgefahren", sagte Orville Muffin. Da ich jetzt weiß, dass das „toll" bedeutet, war ich superglücklich.

„Klasse Origami", meinte Jatinder. „Zeig mir, wie du das machst." Mein interner Hyperstimmungsbemesser warnte mich, dass das allgemeine Verblüffungsniveau im roten Bereich lag. Daher zerknüllte ich meine Entwürfe, bevor Miss Barn wieder damit anfing, was für ein Genie ich doch bin.

Zu Hause waren immer noch alle wegen der Verbesserungsmaschine und der Identität der Flauschigen Verbündeten in heller Aufregung.

Furzina kämpfte mit den Bauteilen von Berts Schrumpfer. „Es ist schwieriger, als es aussieht", war alles, was aus ihr herauszubekommen war, als ich sie nach ihren Fortschritten fragte.

Mama ist glücklich, weil der Milchmann zurückgekommen ist, um noch mehr Flugblätter zu holen. Sie macht sich jedoch Sorgen, dass sie etwas falsch gemacht haben könnte.

„Als ich ihm meine hübschen Bilder gezeigt habe, meinte er, sie wären sehr modern. Das ist gut, oder?", fragte sie nervös. „Aber dann meinte er, ob seine Frau in der Küche bleiben könnte, wenn sie zu Besuch kommt, weil sie unter einer Erdenkrankheit namens Arachnophobie leidet. Das ist doch nichts Ansteckendes, oder?"

„Es bedeutet Angst vor Spinnen", erklärte Furzina. „Vielleicht solltest du nur die Gemüsebilder an der Wand lassen."

Furzina und ich ordneten die Bilder neu an. Jetzt hängen nur noch der Brokkoli und die Giftpilze an der Wand.

Mittlerweile muss ich meinen Rüsselfilter sogar im Bett tragen, weil die Welpen überall in meinem Zimmer Aa machen. Ein kleiner Trost ist aber, dass sich meine Freunde, die Fliegen, jetzt am liebsten in meinem Zimmer aufhalten und mir zu Hunderten Gesellschaft leisten.

Flup,

der sich die größte Mühe gibt, die Dinge positiv zu sehen

Habe herausgefunden, dass dieses Gemüse meine kleinen Fliegen-Freunde frisst. Habe es deshalb abgehängt.

MISSION ERDE: TAG SECHS DIENSTAG

Hey Rokko,

statt Fußball zu spielen, haben wir heute drinnen Sport gemacht. In der Nacht waren nämlich frische Schneebälle vom Himmel gefallen.

Miss Barn hatte einen „Hindernisparcours“ aufgebaut – eine simple Kletterlandschaft, die aus Böcken, waagerechten Stangen, Barren, Ringen und zwei Leitern bestand. Das Ganze ähnelte dem Fangarmtrainingsgerät, das wir auf Faa für neugeborene Babys benutzen. Leider war ich der Erste in der Reihe, obwohl ich lieber hätte abwarten sollen, was alle anderen machen würden.

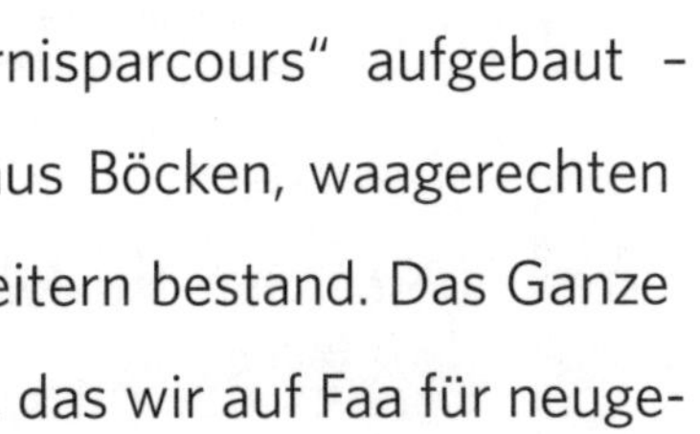

Erdlinge brauchen ewig, um selbst so einfache Dinge wie laufen zu lernen.

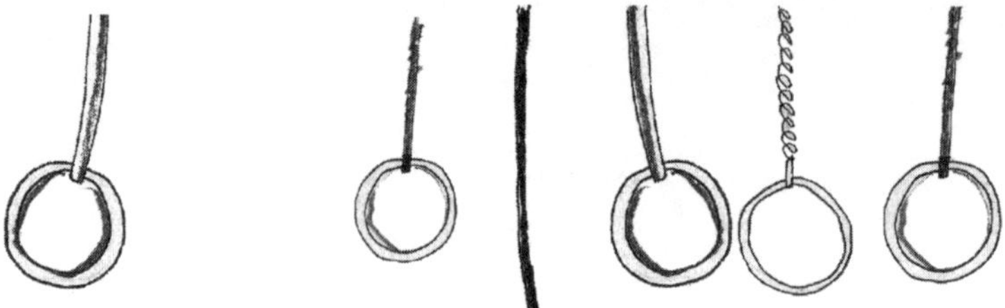

Mir war klar, dass ich nicht das tun sollte, was wir schon als Babys konnten: unsere Saugnäpfe anspannen, durch die Ringe schlängeln, dann waagerecht durch jede Leitersprosse fliegen und den Parcours nahezu mit Lichtgeschwindigkeit abschließen. Du warst da immer besonders gut, Rokko.

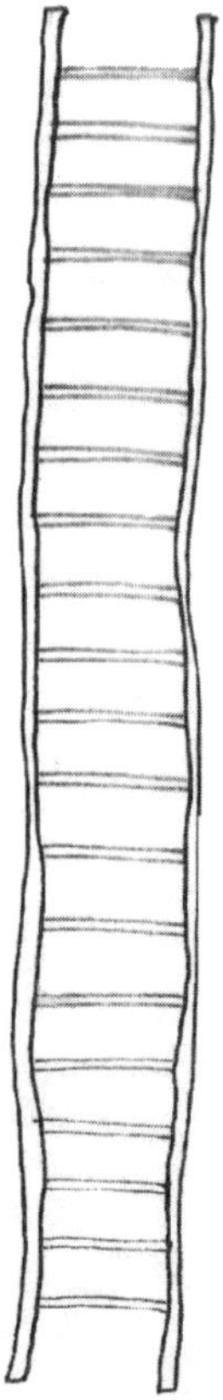

Stattdessen entschied ich mich für ein paar einfache Übungen. Ich überquerte den Barren langsam auf meinen Greifern, sprang mit den Füßen voran durch den Ring und wirbelte auf meinem Kopf die Leiter hinauf (wobei ich darauf achtete, möglichst tollpatschig zu wirken und ein paar Sprossen zu verfehlen). Dann berechnete ich den Winkel zwischen der Leiter und den Böcken, damit ich von einer Stange nach der anderen abprallte, ließ den zweiten Ring aus, um ungeschickt auszusehen, und landete mit einem dreifachen Salto auf der Matte. Ich brauchte dafür etwa 4,5 Sekunden und war damit Squillionen Mal schlechter als üblich.

Da alle losbrüllten und anfingen, mir auf den Rücken zu

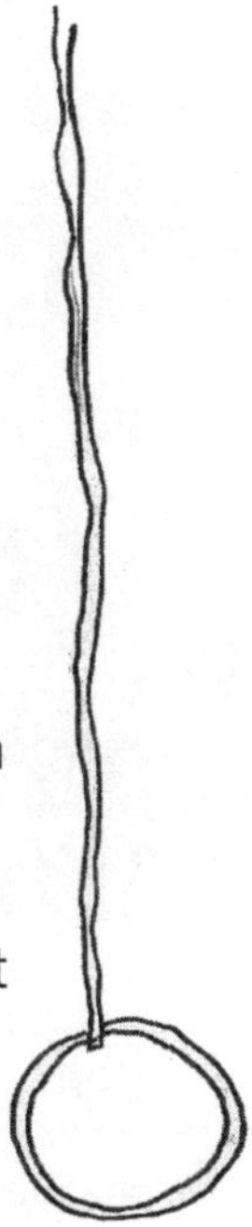

schlagen, wusste ich, dass ich schon wieder zu gut gewesen war.

„Seine Familie tritt in einem Zirkus auf", erklärte Susan Miss Barn.

„Das ist ja wunderbar", sagte Miss Barn. „Vielleicht könntest du auf dem Schulfest für uns jonglieren, Norman?"

Alle anderen stolperten schwerfällig durch den Hindernisparcours. Roddy schaffte es nicht einmal durch den Ring und fing an, mit den Armen zu wedeln.

„Du bist voll die Niete", zischte Colin Snell, woraufhin Roddy noch mehr mit den Armen wedelte. Dann zog er sich sein Sweatshirt über den Kopf und setzte sich in eine Ecke der Sporthalle.

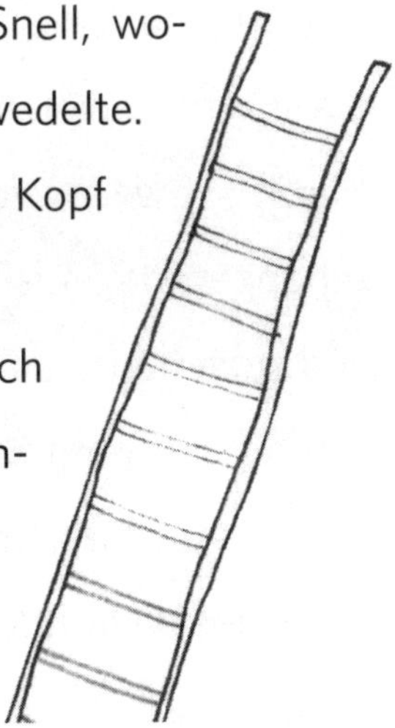

Als Colin Snell an der Reihe war, ließ ich meinen Streckersaugnapf in Lichtgeschwindigkeit nach vorne schnellen und verschob den Barren ein Stück, sodass Colin auf der

Matte voll auf die Nase fiel. Alle lachten ihn aus, das kann er gar nicht leiden.

„Der Barren hat sich bewegt!“, beklagte er sich bei Miss Barn.

„Das hat er bestimmt nicht, Colin“, erwiderte sie. „Aber es ist doch nicht schlimm, wenn du etwas nicht von Anfang an richtig gut kannst.“

Beim Mittagessen setzte ich mich zu Roddy, der ganz traurig aussah. „Niemand mag mich, weil ich so komisch bin“, sagte er.

„Ich mag dich. Ich bin auch komisch“, heiterte ich ihn auf.

Er wedelte mit den Armen und lächelte. Alle meine Herzen begannen zu hüpfen.

Da es nach der Mittagspause immer noch zu kalt war, um draußen zu spielen, schauten wir uns einen alten „Film“ an. Er war in Schwarz-Weiß, und es gab keine Dialoge, nur seltsame, scheppernde Musik. Alle Erdlinge bewegten sich sehr schnell und rutschten auf Bananenschalen aus, die schlampige Leute ständig auf dem Boden liegen ließen. Am Ende bewarfen sie sich gegenseitig mit ihrem Nachtisch. Ich dachte, der Film sollte uns beibringen, ordentlich und rücksichtsvoll zu sein, aber

Das ist eine „Bananenschale“, ein gelbes Gemüse, auf dem Menschen gerne ausrutschen.

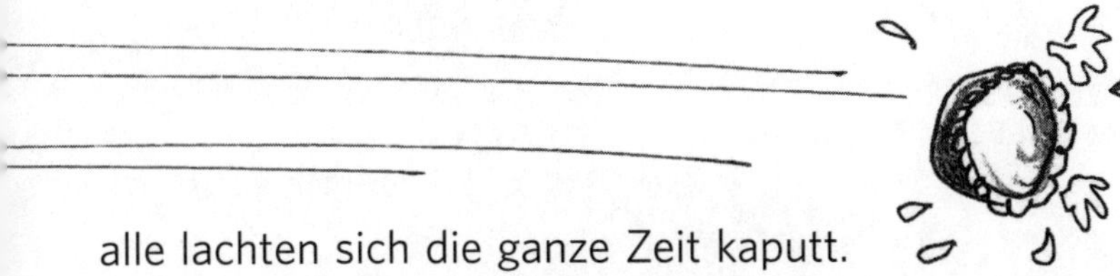

alle lachten sich die ganze Zeit kaputt. Sogar Miss Barn hörte gar nicht mehr auf damit. Es muss sich wohl um einen dieser unverständlichen Erdlingswitze handeln. Die Erdlinge scheinen über einen einzigen Sinn zu verfügen, den wir nicht besitzen, und das ist ihr Sinn für Humor. Offenbar lassen sie sich von den schwierigen Seiten des Lebens gern durch Gelächter ablenken.

Miss Barn erklärte uns, dass der Nachtisch, mit dem die Leute im Film um sich warfen, „Vanillecremetorten" waren. Da musste ich sofort an die Wiffel-Biffel denken und wie sehr sie sich vor dieser giftigen, gelben, *pappogulösen* Substanz namens Vanillecreme fürchten. Erdlinge dagegen finden sie zum Schreien komisch.

Nach dem Film erinnerte uns Miss Barn an unseren Ausflug zum Bauernhof. „Nehmt etwas Warmes zum Anziehen mit", sagte sie.

Ich hoffe, die Tiere auf dem Bauernhof sind kleiner als die im Zoo, Rokko. In manchen Büchern aus der Schulbücherei sind Kühe genauso groß gezeichnet wie Hamster, aber in anderen sehen sie so groß aus wie Elefanten.

„Ich will dir was zeigen“, sagte Furzina, als ich nach Hause kam. Sie winkte mich nach oben.

„Darf ich vorstellen: Fürzchens fabelhafter, komprimierender, konzentrierender, schmälernder, verkleinernder, vermindernder, reduzierender Schrumpfer!“

Ich erkannte ein paar der Drähte und Schläuche wieder, die ich aus Berts Zimmer geborgen hatte. Aber jetzt waren sie ordentlich zu einem kleinen glänzenden Gerät zusammengebaut. Das zeigte mir noch einmal, Rokko, dass ich Furzina nicht unterschätzen sollte, auch wenn sie im Vergleich zu mir noch ein Baby und obendrein ein Weibchen ist.

„Schau“, sagte sie und richtete den Schrumpfer auf ihren größten Teddybären. (Das ist ein Schein-Haustier, mit dem Erdlingskinder ihre Betten teilen.)

Furzinas geschrumpfter Teddybär

Eine kleine Rauchwolke stieg auf, der Teddy schwankte hin und her, erzitterte, verschwamm an den Rändern und verwandelte sich in einen winzigen, teddyförmigen Tropfen. Man konnte ihn gerade noch so mit bloßem Glupscher erkennen.

„*Arakatuun!* Aber funktioniert er auch bei Lebewesen?"

„Hier ist eine Maus, die ich vorhin geschrumpft habe", verkündete Fürzchen stolz, während sie mir eine kleine Schachtel unter den Rüssel hielt. Sie öffnete sie einen Spaltbreit und eine winzige Kreatur sprang heraus und huschte unters Bett. „Ich habe sechs Mäuse und zwanzig Fliegen geschrumpft. Ich habe den ganzen Tag nichts anderes gemacht. Die Fliegen sind zu klein, um sie zu sehen, aber die Mäuse sind gerade noch sichtbar. Es gibt auch eine Einstellung, mit der man alles rückgängig machen kann, falls man etwas aus Versehen schrumpft. Außerdem lässt die Wirkung nach zwei oder drei Tagen nach. Deine Fliegen-Freunde werden also bald wieder zu ihrer normalen Größe anwachsen."

„Zeig Bert den Schrumpfer lieber nicht. Er wird nur sagen, dass man ihn zu nichts gebrauchen kann, weil er ihn selbst nicht flott gekriegt hat", riet ich ihr.

„Ich hab ihm den Schrumpfer schon gezeigt", erwiderte Furzina mit einem Grinsen. „Und er hat genau das gesagt. Aber dieses Gerät ist kleiner und einfacher als das, was er versucht hat zu bauen. Er wollte die Schreggs und ihre schrecklichen Verbündeten damit schrumpfen. Dieses Gerät funktioniert weder bei Schreggs noch bei Menschen, aber wir können es benutzen, um die Tiere aus dem Zoo zu schmuggeln."

„Fürzchen, das ist großartig!", rief ich aus und umarmte sie.

„Das hast du schon lange nicht mehr gemacht", sagte sie.

„Na ja, du bist in Menschengestalt auch einfach zu hässlich. Ich vermisse deine hübschen violetten Schuppen", erwiderte ich.

Heute Nacht um drei gehe ich mit dem Schrumpfer zurück zum Zoo. Susan kommt auch mit. Sie freut sich schon darauf, die Tiere zu befreien. Das ist seltsam, weil es ihr sonst überhaupt nichts ausmacht, welche zu essen und als Kleidung zu tragen.

Ich berichte Dir später, wie die Rettungsaktion gelaufen ist,

Flup

MISSION ERDE: TAG SIEBEN MITTWOCH

Hi Rokko,

um zwei Uhr morgens waren Papa und Bert immer noch wach und wüteten und wetterten in Berts Zimmer.

„Sie kommen näher", konnte ich Papa jammern hören. „Die Schreggs halten sich in der Andromeda-Galaxie in Bereitschaft. Aber die Flauschigen Verbündeten haben unsere Radare blockiert. Wir haben keinen Kontakt mehr zu den Geheimniskrämerdiensten. Sie könnten schon am Wochenende hier sein, und wir haben nach wie vor keine Ahnung, wer sie sind."

Ich schlich zurück in mein Zimmer, weil ich das Risiko nicht eingehen wollte, von Papa erwischt zu werden. Dann hätte er mir womöglich verboten, nachts allein rauszugehen.

Er wird immer paranoider, genau wie diese Erdlingseltern,

die ihre Kinder nicht einmal ohne Begleitung zur Schule laufen lassen. Susan hat mir erklärt, dass um drei Uhr morgens keine Erdlinge unterwegs sind. Daher hielt ich es für ungefährlich, zum Zoo zu fliegen.

Ich kletterte aus dem Fenster und landete 0,1 Nanosekunden später auf Susans Fensterbank. Sie sprang mit einer Tasche voller kleiner Schachteln, in denen wir die Tierexemplare einsammeln wollten, auf meine Schultern. Gemeinsam hoben wir in die Luft ab. Schon kurz darauf musste ich mit Susan fest um meinen Hals geklammert fast senkrecht einem geflügelten, braunen Wesen ausweichen, das uns laut schreiend in den Weg flatterte.

„Was war das?“, rief ich Susan zu.

„Eine Eule“, erwiderte sie aufgeregt. „War die nicht niedlich?“

„Nein, sie war sehr unhöflich“, erwiderte ich. „Ich werde nicht wiederholen, was sie über meine Flugkünste gesagt hat.“

Wir steuerten auf den Zoo zu. Ich achtete darauf, auf einer Flughöhe von 300 Erdenmetern zu bleiben, weil Susans Atmungsapparat weiter oben den Geist aufgibt.

* übersetzung: „pass auf, wo du hinfliegst, du [redacted]

(tut mir leid, der verlag hat die stelle wegen seines jugendgefährdenden inhalts zensiert)

Wir flogen an einem Kirchturm voller Fledermäuse vorbei, die sich um uns herum scharten. Mit schrillen Stimmchen plapperten sie aufgeregt über ihre Pläne, gemeinsame Sache mit den Ameisen und Delfinen zu machen und die Weltherrschaft an sich zu reißen. Ich kann es kaum erwarten. Sie werden die Erde viel besser leiten als die Menschen. Fledermäuse sind ausgezeichnete Piloten, Rokko. Flugzulp könnte sich von ihren Flugkünsten eine Scheibe abschneiden: Da denkt man, sie würden gleich mit einem zusammenstoßen, und dann drehen sie in letzter Nanosekunde doch noch ab. Erstaunlich!

„Sie müssen unglaublich gut sehen“, meinte Susan.

„Sie können überhaupt nichts sehen!“, erklärte ich ihr. „Sie lassen nur ihre Schreie von Gegenständen abprallen!“

Ich schrumpfte zwei von ihnen (damit sie nicht einsam waren) und steckte sie in eine Schachtel. Als ich ein Flugzeug erblickte, schoss ich himmelwärts. Eine Weile flogen wir neben ihm her. Der Pilot sah uns, und Susan winkte ihm zu. Er winkte daraufhin mit beiden Armen und weit aufgerissenem Mund zurück. In seiner Verwirrung muss er dann wohl einen falschen Hebel betätigt haben. Jedenfalls kippte das Flugzeug zur Seite und fing an, in die Tiefe zu stürzen. Alle Erdlinge im Flugzeug wachten auf und rissen ebenfalls ihre Münder ganz weit auf. Ich flog unter den abfallenden Flügel, berechnete Flugbahn und Geschwindigkeit und korrigierte beides.

Die Erdlinge jubelten.

„Wahrscheinlich denken sie jetzt, du wärst Superman“, flüsterte mir Susan ins Ohr.

Was meinte sie damit?

Wir hätten die ganze Nacht so spielen, auf den Winden gleiten und Saltos drehen können, bei denen Susan zuerst vor Angst

loskreischte und dann glücklich kicherte. Wir hätten in schwindelerregender Höhe quer über den silbernen Mond segeln und zwischen den mickrigen Erdlingsschöpfungen und dem riesigen Dach der glitzernden Sterne schweben können, über die die Menschen fast nichts wissen.

Es war ein tolles Gefühl, wieder schlängeln und zoomen zu können, aber schließlich erinnerte ich mich an unsere Mission. Ich glaube, mit einer so glücklichen Susan durch die Gegend zu zoomen, muss mein Urteilsvermögen beeinträchtigt haben, Rokko. Habe ich mich etwa mit Erdgefühlen infiziert? Denn als ich Kurs auf den Zoo nahm und im Sturzflug auf unser Ziel zusteuerte, landeten wir irgendwie am Grund des Pinguinbeckens.

Ich konnte es kaum erwarten, herauszufinden, ob der Schrumpfer auch bei etwas Größerem als einer Fledermaus funktionierte, und schrumpfte gleich zwei von ihnen. Zuerst aber trocknete ich die frierende Susan mit meinem hinteren Hitzestrecker.

Vor Aufregung ließ Susan ihr Bonbon neben den kleinen Pinguinen fallen.

„Klitzekleine Pinguine!", surrte Susan. „Oh, wie süß!"

Mithilfe meines Laser-Glupschers und meines Schneide-Fangarms legten wir das lachhafte Sicherheitssystem lahm, schmolzen Glas, verbogen Gitterstäbe und durchtrennten Drähte, um zu den Tieren zu gelangen. Der Schrumpfer war wunderbar. Er verkleinerte Elefanten auf Hamstergröße und Tiger auf Mausgröße. Außerdem sammelten wir noch Zebras, Pandabären, Schimpansen, Erdmännchen, Nashörner, Nilpferde, Wölfe, Giraffen, Alligatoren und viele andere Wesen ein!

Leider wurde einer der Alligatoren von einem vorbeihüpfenden Eichhörnchen gefressen, bevor wir ihn einfangen konnten.

Ich war ganz aufgeregt, als ich mehrere Käfige voller Medusafrisursträhnen entdeckte. Bestimmt leben ein paar Medusas hier gleich in der Nähe.

„Geschieht ihm recht“, sagte Susan. „Alligatoren haben keine Gefühle.“

Ich war mir nicht sicher, ob ich die Löwen auch schrumpfen sollte, weil ich mich bereits mit Detlef angefreundet hatte. Aber er war ganz wild darauf mitzukommen.

Susan hatte alle Schachteln, die sie für jede Spezies mitgebracht hatte, mit Heu und winzigen Leckereien ausgelegt. Und sie hatte in alle Deckel Löcher gebohrt, damit die Tiere Luft bekamen.

„Die sind so niedlich“, sagte sie, „wie lebende Spielsachen. Kann ich sie mit zu mir nach Hause nehmen?“

Ich fand, dass das eine gute Idee war. Bert hatte den

Die Zebras fragten Susan, ob sie ihre Halsverpackung adoptieren und ihre Handschuhe heiraten könnten.

Bau der Arche Noah aufgegeben. Seit dem Zwischenfall mit dem Eichhörnchen befürchtete ich, dass Pluckis Welpen die geschrumpften Tiere fressen könnten. Daher sagte ich: „Klar, aber bring sie bitte morgen mit auf unseren Ausflug zum Bauernhof. Dann muss ich sie mit zu mir nehmen, weil mir Fürzchen sonst damit ewig in den Lauschern liegen wird."

Ich flog Susan zu ihrer Fensterbank zurück. „Das war die tollste Nacht meines Lebens", sagte sie. „Fliegen ist ein herrliches Gefühl."

Zu Hause waren Bert und Papa immer noch wach und kämpften mit den Tücken der Mission. **„Habe die Zahl der Flauschigen-Verbündeten-Verdächtigen auf sechs Millionen eingegrenzt",** verkündete Bert stolz.

„Dann müssen wir ja nur noch 5 999 999 ausschließen", erwiderte Papa niedergeschlagen.

Morgen ist der Ausflug zum Bauernhof. Mit meinem zuverlässigen Schrumpfer kann ich Unmengen von Tieren einfangen!

Flup

MISSION ERDE:
IMMER NOCH TAG SIEBEN
MITTWOCH

Lieber Rokko,

heute Morgen habe ich daran gedacht, mich bei Fürzchen zu bedanken. Natürlich war sie sauer, dass ich keines der Tiere mit nach Hause gebracht hatte. Aber sie war ganz meiner Meinung, dass Pluckis Welpen möglicherweise alle fressen würden. Sie hat mir versprochen, den Tag damit zu verbringen, eine sichere Umgebung für die Tiere zu schaffen und die richtige Nahrung für sie zu finden.

Der Schnee ist fast gänzlich verschwunden, Rokko, und die Erde sieht wieder genauso grau und langweilig aus wie vorher. Ich hatte lächerliche Gummistiefel für den Ausflug zum Bauernhof an, um wie alle anderen auszusehen. Ich saß neben Susan im Bus. Die Zootiere steckten in ihrem Rucksack.

„Ich mache mir Sorgen, dass sie es da drin nicht bequem haben“, sagte sie. „Aber es ist für eine gute Sache. Sie werden ja bald alle frei sein.“

Ich konnte sie brüllen und schnüffeln hören, aber zum Glück waren ihre Stimmen zu schwach, als dass menschliche Lauscher sie wahrnehmen konnten. Um Susan zu beruhigen, erzählte ich ihr, dass alle Tiere ganz aufgeregt klangen und sich schon auf ihr Leben auf Faa freuten.

Auf der Erde sieht es auf dem Land ganz anders aus als bei uns, Rokko. Es besteht hauptsächlich aus grünen Flächen mit ein paar verstreuten Bäumen hier und da (die kleiner und viel weniger gesprächig sind als unsere *Ulkwatzler* und zudem auch noch angewurzelt sind). Außerdem ist hier auf dem Land alles voller „Zäune“. Susan erklärte mir, dass Erdlinge verschiedene Abschnitte ihrer Landschaft besitzen. Sie besitzen sogar Bäume und Büsche und Gemüse! Ich kann mir kaum vorstellen, dass sich die Pflanzenwelt auf Faa damit einverstanden erklären würde, irgendjemandem zu gehören! Aber Erdpflanzen sind sehr schüchtern und ganz schön unkommunikativ. Diese merkwürdige Angewohnheit, die Landschaft in Abschnitte zu unterteilen, führt sogar dazu, dass es Orte auf ihrem eigenen Planeten gibt, zu denen Erdlinge keinen Zutritt haben. Wenn nicht bald die Fledermausbrigaden die Macht an sich reißen, werden sie eines Tages ihre eigene Luft zum Atmen kaufen müssen.

Als wir beim Bauernhof ankamen, steckte er knietief in einer schleimigen Substanz, die man als Matsch bezeichnet. Das ist eine globulöse Mischung aus den zwei Hauptbestandteilen des Planeten: Erde und Wasser.

„Nehmt euch vor den Werwölfen in Acht", sagte Adam eins.

„Und vor Vampirfledermäusen und menschenfressenden Spinnen", fügte Colin hinzu.

Ich nahm mir vor, diese Spezies zu fangen, als Miss Barn mit uns zum Kuhstall marschierte. Die Kühe waren größer als Löwen!

„Diese beiden heißen Gänseblümchen und Kleeblatt", las Miss Barn von dem Informationsblatt ab. „Wissenschaftler sagen, dass Kühe mit Namen mehr Milch produzieren als Kühe ohne Namen. Offenbar sprechen sie auf Zuneigung und Aufmerksamkeit an."

„Aber warum müssen sie uns Namen von Nahrungsmitteln geben?", murrte die Kuh namens Gänseblümchen. „Wie würde es ihr wohl gefallen, Marmeladenbrötchen zu heißen?"

„Muh, meine Mägen bringen mich um", beklagte sich Kleeblatt.

„Meine auch. Mir sind die Disteln nicht bekommen."

„Ihr habt mehr als einen Magen?" Ich konnte nicht anders, ich musste sie das einfach fragen. Ganz leise natürlich.

„Heiliger Stiernacken! Du sprichst Rind!", entfuhr es Gänseblümchen, die mich unter ihren langen Wimpern hervor anstarrte. Sie erläuterte mir ausführlich ihren Verdauungsapparat, der vier Magenkammern benötigt, um faserige Materie oder „Gras" in seine Bestandteile aufzulösen. Wenn Erdlinge lernen könnten, wie man das macht, gäbe es nie wieder lächerliche Nahrungsmittelengpässe, wie sie auf diesem Planeten leider häufig vorkommen.

„Auf Faa werdet ihr ein viel besseres Leben haben. Dort werdet ihr nicht zu Kuhsaft gepresst oder zu Sofabezügen geplättet. Und ihr müsst eure letzten Momente auch nicht mehr mit Kartoffelklößen teilen", erklärte ich ihnen.

Nachdem alle anderen den Stall verlassen hatten, verkleinerte ich sie mit dem Schrumpfer und steckte sie ein.

Von den Schafen war ich ganz begeistert. Jedes Mal, wenn sie ein Wort sagen, dass mit dem Erdlaut „b" beginnt, geben sie ein merkwürdiges, blökendes Geräusch von sich. Sie machen es aus Spaß und wetteifern miteinander, wer den längsten Satz hinbekommt. Ich saugte zwei der intelligentesten Schafe in meinen Schrumpfer.

„Ihr werdet mit mir auf den wunderschönen Planeten Faa reisen“, flüsterte ich ihnen zu, „wo ihr nie wieder zu Socken gewoben oder mit Grillspießen zu Tode erschreckt werdet.“

Die Schweine freuten sich sogar noch mehr darüber, mich zu sehen, als die Löwen. Grunzend und laut plappernd kamen sie zum Zaun gewatschelt.

„Sie erkennen dich“, sagte Colin. „Gleich und gleich gesellt sich gern.“

Da es Colin gar nicht ähnlich sieht, so etwas Nettes zu sagen, bedankte ich mich bei ihm, was er offenbar sehr lustig fand.

Bis zum Mittagessen hatte ich meiner Sammlung noch Ziegen, Hühner, Füchse und ein paar wunderschöne Kaninchen mit langen Ohren hinzugefügt.

Susan trennte sie alle sorgfältig, obwohl die Füchse unbedingt in die Schachtel mit den Hühnern und Kaninchen wollten. Sie behaupteten, sie wären ihre besten Freunde. Ich glaubte nicht, dass sie irgendetwas Böses im Schilde führten, aber Susan war entschieden dagegen.

Dann passierte etwas ganz Wunderbares, Rokko. Ich habe

zwei Zentauren gesehen! Es waren prächtige Kreaturen, halb Mensch, halb Pferd, genau wie in den Erdlingsgeschichten.

Susan schrie mich an, sie nicht zu schrumpfen. Aber da ich mich schon bei der Sache mit den Füchsen und Hühnern von ihr hatte herumkommandieren lassen, sauste ich hinter das Haus der Schweine und richtete den Schrumpfer direkt auf die Zentauren. Zu meiner großen Beunruhigung zerfielen sie in zwei Hälften. Sie lösten sich in zwei schreiende Menschen und zwei schnell schrumpfende Geschöpfe auf, die ich als Erdpferde erkannte. Da verstand ich, dass Erdlinge diese Wesen wohl reiten, wenn sie gerade kein Fahrrad haben.

Die Erdlinge schwankten schreiend in der Gegend herum, bis ein Gehilfe vom Bauernhof sie wegführte. „Ja, ja, beruhigen Sie sich", sagte er zu ihnen und murmelte uns dann zu: „Da hat jemand wohl in der Kneipe zu tief ins Glas geguckt."

Zum Glück fand ich die beiden winzigen Pferde wieder, als sie gerade versuchten, sich durch einen jetzt (für sie) riesigen Grashalm zu fressen.

Susan vergab mir, weil sie von diesen Tieren noch entzückter war als von allen anderen.

„Ich hab mir schon immer ein Pony gewünscht“, seufzte sie, „aber die kann man nicht in einer Wohnung halten. Wenn ich eines von diesen hier hätte, könnte es ein ganzes Jahr lang von einem Zuckerwürfel und einer einzigen Haferflocke leben. Ich

Susan findet ihre kleinen „Sättel“ und „Halfter“ fast genauso toll wie die Pferde selbst.

könnte es einmal am Tag reiten, dann wieder schrumpfen und in einem kleinen Streichholzstall unterbringen und …"

„Susan! Norman! Beeilt euch!"

Miss Barn rief uns zur Wiese hinüber, damit wir uns den Stier ansahen (ein Kuhmännchen, das Menschen zwischen zwei Brötchenhälften gequetscht essen und das daher unbedingt gerettet werden muss).

Ich habe alle neuen Tiere in meine Manteltaschen gesteckt und schicke Dir diese Nachricht sofort, Rokko. Nach dem Stier schauen wir uns nur noch Bauernhoffahrzeuge und anderes langweiliges Zeug an.

Weltraumexplorer Stufe zehn, ich komme!

Mit wissenschaftlichen Grüßen,

Flup

Susan findet es toll, ihr Pferd aus einer „Teetasse" trinken zu lassen. Sie hat eine merkwürdige Erdlingsfantasie …

MISSION ERDE: SPÄTER TAG SIEBEN MITTWOCH

Oh Rokko,

meine Fangarme zittern, während ich dies schreibe. Mach Dich auf etwas Furchtbares gefasst. Ich war so glücklich, als ich Dir meine letzte Nachricht geschickt habe. Aber dieser wunderbare Tag ist zu einem ganz schrecklichen Tag geworden. Zum schrecklichsten Tag meines Lebens.

Als wir der Klasse hinterhereilten, fing es wieder an zu schneien, und Susan beklagte sich über die Kälte. Da Mama mich immer zwingt, drei Mäntel übereinander zu tragen, borgte ich ihr den obersten.

Aber als ich die Wiese schon halb überquert hatte, rief mich Susan zurück.

„Ich habe gerade ein paar unglaubliche neue Wesen gesehen", flüsterte sie. „Du kannst sie in deine Sammlung aufnehmen. Schau, sie sind da drüben im Wald."

Obwohl ich nichts erkennen konnte, folgte ich Susan in eine kleine Gruppe empfindlicher Bäume.

„Schau, sind die nicht wunderhübsch? Sie sehen aus wie kleine Feen", sagte sie.

Entsetzt starrte ich auf die flauschigen, pinkfarbenen Wesen vor uns. Sie waren nicht viel größer als Spielzeugteddybären. Sie hatten riesige, runde, blaue Augen, glitzernde Flügel und ein süßes Lächeln.

Es waren die gefürchteten Wiffel-Biffel.

„Komm schnell, Susan!", schrie ich und packte sie am Arm. „Weg hier! Es sind die gefürchteten Wiffel-Biffel."

„Red keinen Unsinn, Norman. Die sind ENTZÜCKEND."

Ich holte den Schrumpfer heraus und richtete ihn auf sie, aber Furzina hatte recht – er war nicht wirkungsvoll genug, um außerirdische Wesen zu schrumpfen. Nichts passierte, und die Wiffel-Biffel rückten weiter vor, während sie ihr schreckliches Lächeln lächelten und ihre glitzernden Flügel schlugen.

Wütend riss mir Susan den Schrumpfer aus den Greifern. „Hör doch, sie singen."

Tatsächlich summten die Wiffel-Biffel ein hypnotisierendes Lied.

„WIR SIND DIE SÜSSEN WIFFEL-BIFFEL,
KOMMEN LEISE ANGESCHNIFFELT,
TRAPSEN HER AUF FLAUSCH'GEN TATZEN,
SCHNEIDEN GRINSELIGE FRATZEN.
SCHNIFFEL-WIFFEL! SCHNUCKEL-SUCKEL!
SCHNAPPT DAS MÄDCHEN, RUCKEL-ZUCKEL!"

Ich stürzte mich mit ausgestreckten Saugnäpfen auf Susan, aber da leuchtete auch schon ein blendender, pinkfarbener Blitz auf, und Susan und die Wiffel-Biffel waren verschwunden!

Dort, wo sie gestanden hatten, sah der Boden völlig unberührt aus. Es blieb keine Spur von ihnen zurück, nicht einmal ein Tatzenabdruck im Schnee. Das Ganze war im Bruchteil einer Sekunde vorbei. Ich konnte nur noch die verklingende Melodie ihres schrecklichen Liedes hören.

„WIR SIND DIE TOLLEN WIFFEL-BIFFEL,
ENTFERNEN UNS AUF LEISEN GRIFFELN,
DEIN SCHWESTERHERZ IST WEGLI-SCHMECKLI,
ZU SPÄT SIND ALLE DEINE KLAGEN
ÜBER DEIN VERSAGEN."

Ich stand wie gelähmt vor Angst da, als zwischen den Schneebällen ein Zettel heruntergeflattert kam. Darauf stand folgende Botschaft:

Händigt uns den
gesamten Erdvorrat
an Blatkerzuppifluum,
den Menschen auch als
PAPPKARTON bekannt,
aus oder sie stirbt.
Wir werden sie langsam
am Spieß braten und am
Samstag mit Baisertörtchen und Aal in Aspik
verspeisen. Oh, und Kurt
sagt, euer Planet wird
schon bald ein gigantisches Spinatbeet sein.

Aus der Ferne drang Gelächter an meine Lauscher: **„HA HA HOO.“** Das unverkennbare Gackern von Kurt, dem König der Schreggs.

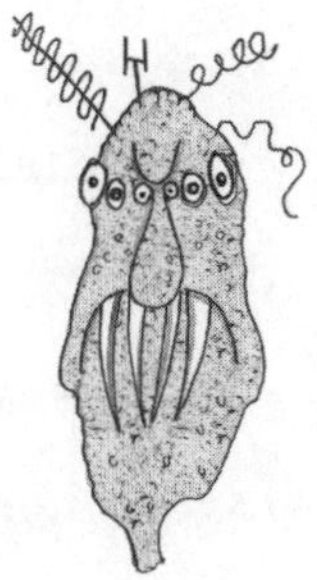

„Susan! Susan!“, schrie ich. Mein unglücklicher Kopf schoss aus meinen Mänteln heraus, gefolgt von meinem besorgten Kopf und meinem gelassenen Kopf. Mein glücklicher Kopf sprang hinterher und weinte, wie er es noch nie zuvor getan hatte. Ich weiß nicht, wie ich meinen einen Erdenkopf dazu brachte, sich daran zu erinnern, ein wenig *Koz* zu trinken, aber zum Glück nahm ich sofort einen Schluck. Als Miss Barn keuchend über die Wiese anmarschiert kam, hatten sich alle meine anderen Köpfe wieder zurückgezogen.

„Was ist los, Norman?“

„Susan ist von Außerirdischen entführt worden!“, heulte ich.

„Sie versteckt sich bestimmt nur“, erwiderte Miss Barn. „Susan, komm jetzt raus, das ist sehr ungezogen von dir. Du machst dem armen Norman Angst.“

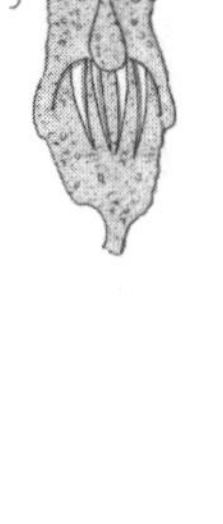

Aber es war kein Laut zu hören außer dem leisen Rauschen des Windes in den Bäumen und noch leiserem Gelächter: **„HA HA HOO.“**

Wir suchten Susan eine halbe Stunde lang, bevor Miss Barn die Polizei rief.

Polizeiwagen trafen ein, und Beamte, die in Funkgeräte brüllten, schwärmten aus. Zwei Polizisten, Wachtmeister Schwatz und Wachtmeister Rempel, stellten mir eine Menge Fragen. Ich habe ihnen die Wahrheit gesagt, Rokko, aber sie haben mir nicht geglaubt.

„Außerirdische, sagst du?", fragte Wachtmeister Rempel nach. „Flauschige, pinkfarbene Außerirdische? Das ist ja mal ausgefallen."

Ich machte mir langsam Sorgen, sie könnten auf die Idee kommen, ich hätte Susan entführt. Hilfe suchend blickte ich zu Miss Barn.

„Er würde ihr nichts tun, Wachtmeister Rempel", sagte Miss Barn. „Sie sind gute Freunde. Susan ist bestimmt weggelaufen. Vielleicht hat sie zu Hause Schwierigkeiten."

„Diese Woche schwirren 'ne Menge Gerüchte über Außerirdische durch die Gegend", sagte Wachtmeister Rempel. Er tätschelte mir die Frisur und kniff einen Glupscher so fest zu, dass ich schon dachte, ihm wäre irgendein Insekt hineingeflogen. Da begriff ich, dass er mir „zuzwinkerte“, wie die Erdlinge das nennen.

„Zweiköpfige Welpen; Jungs, die in Flugzeuge hineinfliegen ... Der kleine Norman hat bestimmt zu viele Nachrichten geschaut. Keine Sorge, mein Junge, wir werden deine Freundin schon finden“, fügte er freundlich hinzu, weil meine Erdglupscher mittlerweile aus lauter Frust Wasserfälle heulten. Wie gern hätte ich in diesem Moment meine Tarnung abgelegt und ihnen die nackte Wahrheit offenbart. Aber ich wusste, dass es nicht helfen würde, Susan zu finden. Die Einzigen, die Susan jetzt noch retten konnten, waren wir tapferen und treuen Faadinger.

Im Bus heulten Jatinder, Annie Spratt, Ben Bingle und sogar die Adams eins und zwei während der gesamten Rückfahrt. Alle reichten sich ständig gegenseitig Popeltücher, was mir äußerst unhygienisch vorkam. Sogar Colin Snell sagte kein Wort. Roddy weinte am meisten. Er sagte, Susan wäre außer mir die Einzige, die mit ihm redet. Miss Barn teilte uns mit, dass die Schule für den Rest der Woche geschlossen blieb. Sie sei sich aber ganz sicher, dass die Polizei Susan „in null Komma nichts“ finden würde. Als wäre so etwas überhaupt möglich ...

„Die Wiffel-Biffel sind hier!“, rief ich, als ich zu Hause durch die Tür stürmte.

„Was?!“ Papa schlängelte von seinem Sessel herüber, und sein besorgter Kopf kam aus seiner Jacke herausgeploppt.

„Sie haben sie entführt! Sie werden sie FRESSEN!“

„Wovon redest du überhaupt? Furzina ist in ihrem Zimmer und in Sicherheit. Oder nicht?“

Papa und Mama zoomten nach oben und kamen mit Fürzchen zurück.

„Was fällt dir ein, uns so zu erschrecken!“, schrie Papa.

„Nicht Fürzchen – Susan! Sie haben Susan entführt!“

Papa entspannte sich. „Na, dann ist ja alles in Ordnung. Sie müssen sie mit Furzina verwechselt haben. Bist du sicher, dass es die Wiffel-Biffel waren? Wie groß waren sie?“

„Winzig, aber furchterregend.“

„Hmm“, meinte Papa, während er geistesabwesend Berts Liste flauschiger Spezies durchblätterte. „Haben Sie ein Lösegeld verlangt?“

„Ja. Den Weltvorrat an Pappkarton. Bis Samstag.“

„Ausgezeichnet. Das sind sehr gute Nachrichten. Sie wer-

den uns vorher nicht in die Quere kommen. Bis dahin sind wir schon längst verschwunden. Alle Freunde des Milchmanns werden bis morgen verbessert sein. Danach können wir sofort nach Faa aufbrechen. Mach dir deswegen keine Sorgen", fügte er freundlich hinzu und wuschelte mir durch meine Frisur.

„Ich soll mir deswegen keine Sorgen machen? Susan ist meine Freundin. Sie ist eine Person."

Papa seufzte. „Das passiert manchmal, wenn wir fremde Planeten erkunden, Fluppipi. Uns Faadingern können unterlegene Spezies durchaus an die Herzen wachsen. Ich verstehe, dass du dich um Susan wie um ein Lieblingshaustier sorgst, aber wir Faadinger müssen tapfer und treu sein und dürfen nicht immer auf unsere Herzen hören. Letztendlich ist Susan nur ein schwächlicher Erdling."

Papa hielt mir seinen Erdbevölkerungs-Rechner unter den Rüssel. „Schau, wie viele es von ihnen gibt. Allein in der Minute, in der wir miteinander geredet haben, wurden 302 Erdlinge geboren! Niemand wird Susan vermissen."

„Aber ich werde sie vermissen“, gab ich zurück.

„Nein, Liebling“, meldete sich Mama zu Wort. „Du wirst auf Faa glücklich sein, wenn du wieder *Fabuul* spielen und deine wirklichen Freunde sehen kannst. Du wirst Susan vergessen.“

„Aber was ist mit ihrer Mama? Erwachsene Erdlinge haben vielleicht doch *ein paar* Gefühle ...“

Da lugte kurz Mamas trauriges Gesicht aus ihrer linken Schulter hervor. Aber sie nahm einfach einen Schluck *Koz*, lächelte ein großes Erdlingslächeln und sagte: „Susans Mama ist wahrscheinlich ganz froh darüber. Mit dem Busfahren hat sie schon alle Hände voll zu tun, und Erdlingskinder machen eine Menge Arbeit, vor allem für eine Mami, die ganz allein auf sich gestellt ist.“

„Wirklich?“, fragte ich und hoffte, dass das stimmte. Ich hatte das Gefühl, ich müsste das Thema wechseln, und fragte: „Was werden die Wiffel-Biffel tun, wenn sie die Erde erreichen und wir nicht mehr da sind?“

„Zuerst werden sie Susan fressen“, sagte Papa. „Dann werden sie jedes bisschen Pappkarton ausfindig machen. Sobald sie jede Schachtel, Rolle und Packung haben, werden sie die

Erdlinge versklaven, um aus allen Wäldern und Baumschulen Pappkarton zu machen. Dann werden sie die Pappkarton-Vorräte mitnehmen und alle Erdlinge fressen. Danach werden die Schreggs hier einfallen und die Erde in eine riesige Spinatplantage verwandeln. Aber du musst dir darüber nicht die Köpfe zerbrechen, Fluppipi. Sie können uns nichts tun. Bis dahin sind wir schon längst über alle Galaxien."

„Interessiert es dich denn überhaupt nicht, was mit der Erde passiert?", fragte ich.

„Doch, schon, ein bisschen natürlich. Es ist traurig, einen Planeten zu verlieren, aber wir retten ja ein paar hundert Erdlinge und alle deine Tiere."

Und da fiel es mir wie Schuppen von den Glupschern.

„Oh nein! Susan hat alle meine Tiere. Ich habe ihr meinen Mantel geliehen! Die eine Hälfte ist in ihrem Rucksack und die andere in meinen Manteltaschen!"

„WAS?! Warum hast du uns das nicht gleich gesagt?", schrie Papa. Aber er beruhigte sich schnell wieder. „Daran lässt sich jetzt nichts ändern. Am besten nimmst du einfach einige Fliegen und Mäuse und dieses Pudel-Ding von nebenan mit. Und

ein paar Tauben. Also wirklich, Fluppipi, du bist ein *hoffnungsloser* Fall. Ich weiß nicht, warum ich dich überhaupt mit dieser Mission betraut habe. Morgen geht's zurück nach Faa, ob es dir gefällt oder nicht."

Ich habe versagt. Papa bewundert mich nicht mehr. Meine Mission ist vorbei. Wenn ich nur mit ein paar Tauben und einem Pudel nach Faa zurückkehre, werde ich nie wieder mit erhobenen Häuptern irgendwohin gehen können.

Was hältst Du von der Sache mit Susan?

Einerseits möchte ich Papa und Mama glauben. Andererseits war Miss Barn ganz traurig darüber, dass Susan verschwunden ist. Daher nehme ich an, dass Susans Mama auch unglücklich darüber sein wird. Wie Du weißt, ist die Tatsache, dass Erdlinge nur eine Mama haben, ein weiteres Beispiel ihrer primitiven Entwicklung. Aber vielleicht haben sie genauso starke Gefühle wie unsere vier oder fünf Mütter.

Dein verwirrter Freund,

Flup

MISSION ERDE: TAG ACHT DONNERSTAG

Lieber Rokko,

als ich um Mitternacht aufwachte, stellte ich fest, dass Pluckis fünf Welpen auf meinem Kopfkissen schnarchten und mein Telepathiekurier piepte. Danke für Deine schnelle Antwort. Die *Fabuul*-Ergebnisse sind großartige Neuigkeiten. Ich wusste, dass diese *Fnuffel* von Plüps die nächsten siebzehn Spiele verlieren würden. Und es ist lieb von Dir zu sagen, ich solle mir wegen Susan nicht allzu viele Sorgen machen. Vielleicht hast Du recht: Wenn sie andere Wesen isst, warum sollte sie dann nicht auch selbst gefressen werden?

Aber nein, Rokko, ich muss auf meine Gefühle hören und alles tun, was ich kann, um sie irgendwie zu retten. Das habe ich auch zu Fürzchen gesagt. Sie war gerade dabei, die *Enzyklo-*

pädie der Raubwesen zu lesen, um so viel wie möglich über die Wiffel-Biffel herauszufinden.

„Was soll das für einen Sinn haben?", fragte sie. „Papa hat recht, es gibt immer noch eine Menge Erdlinge."

„Aber was ist mit meinen Tieren? Der Kaiser könnte mich für mein Versagen vaporisieren."

„Das stimmt natürlich", sagte sie. „Um deine Tiere noch rechtzeitig zu retten, damit wir sie mit nach Faa nehmen können, müssen wir dafür sorgen, dass die Wiffel-Biffel eintreffen, bevor Papa mit der Verbesserung aller Erdlinge fertig ist. Wenn wir genügend Pappkarton auftreiben können, werden die Wiffel-Biffel hoffentlich davon angezogen und fallen hier früher ein als erwartet. Dann können wir die Tiere retten – und Susan auch, wenn du unbedingt willst – und die Wiffel-Biffel auslöschen!"

„Aber womit?"

„Vanillecreme natürlich."

Zum Glück hat Mama ständig „Großeinkäufe" gemacht, damit wir mehr wie richtige Erdlinge aussehen. Ihre Küchenschränke waren vollgestopft mit 48 Dosen Vanillecreme, 56 Müsli-Packungen und 200 Klopapierrollen.

Fürzchen und ich unterdrückten unseren Ekel und rollten in meinem Zimmer alle Klopapierrollen auf, um an das Papprohr in der Mitte zu kommen. Pluckis Welpen fanden das prima und tollten wie in einer dieser Fernsehwerbungen herum. Wir sammelten alle Müsli-Packungen und die großen Schachteln ein, in denen man uns den Fernseher und die Vogelspinnen-Bilder geliefert hatte, schlichen uns nach draußen und stapelten sie hinter dem Schuppen auf, wo sie niemand sehen konnte.

Aber selbst 200 Klopapierrollen, 56 Müsli-Packungen und ein paar große Schachteln ergeben nicht viel Pappkarton, Rokko. Unser Haufen war jämmerlich klein – wir waren weit davon entfernt, genug zu haben, um die Wiffel-Biffel anzuziehen. Schlimmer

noch, Mama drehte völlig durch, als sie sah, dass wir die Dosen Vanillecreme für unsere Falle benutzten.

„Ich brauche die Vanillecreme, um Kuchen für den Milchmann und seine Freunde zu backen!“

„Wir brauchen Verstärkung“, flüsterte Fürzchen.

Ich schickte Roddy, Orville Muffin und Aaron Ratchet eine SMS.

NOTFALL. S.O.S. RETTET SUSAN. SIE KANN NUR MIT PAPPKARTON GERETTET WERDEN. BRINGT SO VIEL WIE MÖGLICH ZU MIR NACH HAUSE. SAGT ES WEITER.

„Hast du auch nach Vanillecreme gefragt? Wir brauchen eine Menge davon“, sagte Furzina.

Ich tippte *PS: UND BRINGT GANZ VIEL VANILLECREME MIT!*

„Mehr können wir jetzt erst mal nicht tun“, erklärte Furzina.

Ich wollte losfliegen, um nach mehr Pappkarton und Vanillecreme zu suchen, aber Bert sprach ein Machtwort: „Wiffel könnten merken, dass Susan ein Erdling ist, und wieder zurückkommen, um dich zu holen. Befehle lauten: in Behausung bleiben.“

Der Rest des Tages verging sehr langsam, Rokko. Ich konnte nicht anders, ständig musste ich daran denken, wo Susan wohl gerade war, ob die Wiffel-Biffel schreckliche Sachen mit ihr anstellten und ob sie Angst hatte und zur ihrer Mami wollte – oder sogar zu mir. Und da ich weiß, wie schwach und feige Erdlinge sind, hatte ich keine großen Hoffnungen, dass meine Freunde wirklich kommen und helfen würden. Furzina und ich würden das Beste aus der einen Dose Vanillecreme machen müssen, die wir vor Mama hatten retten können, und hoffen, dass unser kleiner Haufen Pappkarton ausreichte, um die Wiffel-Biffel anzulocken. Nun brauchten wir nur noch etwas Glück, um Susan zu retten.

Mama verbrachte die ganze Zeit damit, in der Küche herumzuzoomen und Maggi-Blumenkohl-Häppchen zuzubereiten. Zu meinem Ärger verschwendete sie die ganze Vanillecreme, um daraus Kuchen mit Kohl und Teebeuteln zu backen. Papa und Bert waren währenddessen im Schuppen und nahmen noch in letzter Minute Anpassungen an der Verbesserungsmaschine vor.

Ich habe gerade auf Papas Rat hin eine dreifache Dosis *Koz* geschluckt, für den Fall, dass die morgige Verbesserungsveranstaltung zu aufregend wird und sich unsere Tarnungen auflösen. Wenn die Verbesserungsmaschine *wirklich* funktioniert und wir Hunderte Sklaven gewinnen und entkommen, bevor die Wiffel-Biffel eintreffen, ist meine Mission gescheitert. Und Susan wird gefressen werden.

Dein unglücklicher Freund,

Flup

MISSION ERDE:
TAG NEUN FREITAG

Hi Rokko,

die Situation hat sich rasant weiterentwickelt. Ich kann's nicht erwarten, Dir alles zu erzählen.

Ich wachte auf und hatte das Gefühl, durch einen Asteroidenhagel zu fliegen, bis mir bewusst wurde, dass Furzina an mir rüttelte.

„Schau!", rief sie.

Wir sahen raus auf die Straße. Sie war gerammelt voll mit Leuten, die sich anrempelten und aus dem Weg stießen, um zu unserem Haus zu gelangen. Der Milchmann stand ganz vorne, gab mit seinen Muskeln an und warf seine Frisur zurück.

„Das ist die Macht der Werbung", piepte Bert, während er ins Zimmer gesaust kam und dabei äußerst zufrieden mit sich selbst wirkte – soweit man das mit einer blauen Plastikkugel und einer Auswahl bunter Lichter als Kopf überhaupt kann. „Erdlingsgefühle bezüglich Erscheinungs-Verbesserung durch massive Flugblatt-Kampagne erfolgreich angesprochen."

„Wie im Namen von Flinghuuurns *quatschonösem* Hammer soll die Verbesserungsmaschine mit all den Leuten da draußen fertig werden?", fragte Furzina.

„Meine Verbesserungsmaschine wird mit allem fertig!", quietschte Bert triumphierend. „Wichtige Leistungssteigerung abgeschlossen! Mission aktiviert!"

Wir rannten nach unten und mussten feststellen, dass Mama wie immer völlig übertrieben hatte. Sie war Papas Rat gefolgt, sich elegant zu kleiden. Sie hatte sich eine Menge rote Farbe auf Mund und Wangen geschmiert und trug einen langen Rock, der über den Boden schleifte, sowie glänzende Halsketten und einen stacheligen und mit Klunkern besetzten Hut.

„Bitte treten Sie ein. Sie erwartet ein aufregendes Fitnessclub- und Schönheitssalon-Erlebnis“, rief sie, während sie der Menge Vanillecreme-Teebeutel-Kuchen, ganze, mit Nudeln gefüllte Brotlaibe und randvolle Tassen heißen Whiskys mit Strohhalmen anbot. „Gewichtsreduzierung für die Damen und fellbedeckte Köpfe und herrlich aufgeblähte Muskeln für die Herren.“

Papa stand neben der Tür zum Schuppen. „Hier lang bitte“, sagte er. „Könnten als Erstes zwei Damen eintreten, die abnehmen möchten?“

24 riesige Weibchen scharten sich um ihn.

„Sie kommen alle an die Reihe“, versicherte er ihnen und zwinkerte mir zu.

Papa wählte zwei dicke Weibchen und zwei weitere Damen aus, die längere Frisuren wollten, sowie zwei Männchen mit Glatze, die sich *irgendeine* Frisur wünschten.

Alle anderen warteten gespannt im Wohnzimmer. Sie lachten unhöflich über Mamas schöne Bilder und hatten nicht die geringste Ahnung, dass wir sie zu Sklaven machen würden, sobald sie an der Reihe waren.

Die Verbesserungsmaschine glühte und ruckelte. Mittlerweile hatte ich meinen Glauben an die ganze Sache verloren, Rokko. Ich erwartete das Schlimmste.

Tatsächlich kamen zwei riesige Weibchen aus der Maschine, die immer noch genauso rund waren wie vorher, jetzt aber wie mit Gas gefüllte Ballons in der Luft schwebten.

„Iie, ahhhhh, huuuch“, kreischten sie. Alle rannten nach draußen und sahen noch, wie sie immer höher in den Himmel stiegen. Sie schwebten direkt über den Bäumen und schaukelten heulend im Wind.

„Sie haben wirklich Gewicht verloren, aber kein Fett“, sagte jemand in der Menge. Mehrere Leute fingen an zu lachen. Aber ein kleines Männchen mit einer weißen Frisur rief: „Brenda,

Herzallerliebste, komm zurück, komm zurück, ich liebe dich so, wie du bist, mein Moppelchen!"

„Wie Sie sehen, ist die Maschine sehr wirkungsvoll", sagte Papa, während er an der Steuerung herumhantierte. „Es sind nur ein paar geringfügige Anpassungen nötig." Als das nächste Opfer zum Vorschein kam, schlug die Stimmung jedoch um:

Die Frisur-Frauen hatten Fell an den Beinen, den Männern mit Glatze waren zusätzliche Beine gewachsen, und sie hatten überall einen Pelz – außer auf dem Kopf. Und die Männer, die sich mehr Muskeln gewünscht hatten, hatten sie an ihren Rüsseln, Lauschern und Hälsen. „Sie haben Monster aus uns gemacht!", schrien sie. Sie klangen sehr wütend und aufgebracht.

„Also ich finde, dass Sie so viel besser aussehen“, meinte Papa, „aber wenn Sie nicht zufrieden sind, können wir alles problemlos rückgängig machen. Gehen Sie einfach wieder zurück in die Maschine.“

„Er hat recht“, sagte unser Freund, der Milchmann. „Beim ersten Mal ist es bei mir auch ein wenig schiefgegangen, aber schaut mich jetzt an.“

Er rollte einen Ärmel hoch, um seine attraktiven Muskeln vorzuführen. Ein Weibchen, das an seinem Arm hing, sagte: „Ja, er ist jetzt viel männlicher als vorher. Versucht es noch einmal.“

Die Weibchen mit dem Fell an den Beinen und die Männchen mit den Glatzen trotteten gerade murrend zurück in die Verbesserungsmaschine, als sie lautes Gebrüll und Geschrei ablenkte. Eine weitere Gruppe Erdlinge steuerte auf unsere Straße zu, Rokko - kleinere Erdlinge, aber genauso zahlreich. Diesmal waren es meine Klassenkameraden und viele andere Kinder, die ich nicht kannte. Sie alle hatten ganze Ladungen und Beutel voller Pappkarton dabei. Orville Muffin hatte sogar seinen winzigen Hund mitgebracht. Normalerweise ist es unmöglich, bei ihm vorne und hinten zu unterscheiden. Jetzt konnte man es allerdings an der großen *Wurlitzer-Schokoplopper*-Schachtel erkennen, die er im Maul trug.

„Tut mir leid, dass wir nicht schon gestern gekommen sind, Norman", sagte Orville. „Es hat nur ewig gebraucht, den ganzen Pappkarton aufzutreiben. Aber wie kann er uns helfen, Susan zu finden?"

Bevor ich mir irgendeine Ausrede einfallen lassen konnte, war Orville Muffins Hund inklusive Schokoploppern bereits in der Verbesserungsmaschine verschwunden. Ruckzuck kam er am anderen Ende wieder heraus, nur zehnmal größer als vorher.

Von einem menschlichen Bart einmal abgesehen war er völlig kahl und hatte riesige, spitze Fangzähne. Er hätte mit ihnen unglaublich wild aussehen können, wenn er nicht immer noch dasselbe verrückte, aber sehr freundliche Lächeln im Gesicht gehabt hätte. Es erinnerte ein bisschen an Orvilles dümmliches Grinsen …

„Wahnsinn", sagte Orville. „Ich wollte schon immer einen größeren Hund."

Die Packung Schokoplopper hatte sich nicht großartig verändert, außer in einem ziemlich wichtigen Punkt. Als sie aus der Verbesserungsmaschine kam, fing sie an, in rasantem

Tempo zu wachsen. Bald war sie fast drei Mal so hoch wie unser Haus. Ein riesiger Pappkarton-Berg! Wir blickten nach oben und sahen, wie die beiden Ballon-Frauen darauf saßen und ihre Beine über den Deckel baumeln ließen.

„Gerettet!", schrie Brendas kleines Männchen. „Holt eine Leiter und rettet mein molliges Moppelchen."

Dann hörten wir es. Ein vielsagendes Geräusch, das anfangs ganz leise herüberdrang und dann immer lauter wurde, bis es selbst für die Erdlinge deutlich zu hören war.

„WIR SIND DIE SCHRECKLICHEN
WIFFEL-BIFFEL
MIT UNSEREM GRINSELIGEN
SQUIFFEL-WIFFEL
UND KLEINEN, GLITZERNDEN
FLÜGEL-BÜGELN
AUS DEN TIEFEN DES WELTRAUMS
SO TRÜBEL-DÜBEL,
HIER IST UNSER ANFÜHRER
WOFFEL-BOFFEL,
ER LECKT SICH DIE LIPPEN VOLL
SPOTTEL-TROTTEL,
ALLE MÜSSEN IHM GEHORCHEN,
JEDE GALAXIE DURCHFORSCHEN.
BEI DER SUCHE NACH KARTON
KENNT ER KEIN PARDON."

Alle blickten nach oben. Am Himmel erschienen kreisrunde, leuchtende, pinkfarbene Raumschiffe.

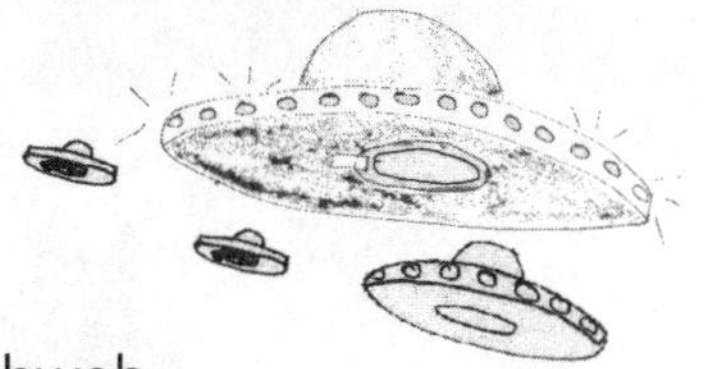

Es müssen an die 200 000 gewesen sein.

Alle blieben in der Luft stehen, schwebten an Ort und Stelle und öffneten ihre Luken. Tausende Wiffel-Biffel kamen herausgeschwärmt, bis sich der Himmel pink färbte.

„Oh, nein“, sagte Papa, starrte die gigantische Schokoplopper-Packung an und vergrub das Gesicht in den Händen. „Der Pappkarton muss sie angezogen haben.“

„Was für niedliche kleine Vögel“, quietschte die Freundin des Milchmanns.

Aber ihr Lächeln wich dem blanken Entsetzen, als etwa vierzig Wiffel-Biffel auf die dicken, in der Luft schwebenden Damen herabstießen und ihre messerscharfen Fangzähne zeigten.

Sie fingen an, ihre Beine anzuknabbern. Aber in diesem

Moment dröhnte eine Stimme aus dem Raumschiff, die alle anderen Geräusche übertönte:

„JETZT WIRD NICHT GEFUTTERT! SAMMELT DIE PAPPE EIN. WIR KÖNNEN DIE ERDLINGS-DICKERCHEN SPÄTER VERPUTZEN.“

Die Wiffel-Biffel machten sich über den ganzen Pappkarton her. Die riesige Schokoplopper-Packung war bereits voller Löcher und kurz davor zusammenzubrechen. Ein paar Wiffel-Biffel hatten Stücke herausgerissen, die sie herzten und küssten. Manche tanzten mit ihren Kartonfetzen, andere redeten so hitzig auf sie ein, dass sie in Flammen aufgingen, und wieder andere drückten sie leidenschaftlich an sich.

Meine Klassenkameraden schrien und wedelten wild mit den Armen, als ein paar Wiffel-Biffel auf sie herabstießen, ihnen den Pappkarton entrissen, den sie in den Händen hielten, und sich damit davonmachten.

„Wir haben noch viel mehr Pappkarton“, rief Furzina ihnen zu. „Ihr könnt alles haben, wenn ihr eure Geisel freilasst.“

„WARUM SOLLTEN WIR DAS TUN?“

„Weil ihr es versprochen habt.“

„DAS HABEN WIR NICHT.“

„HABT IHR WOHL.“

„STIMMT GAR NICHT!“

„STIMMT WOHL!“

Furzina zuckte mit den Schultern. „Sie besitzen kein bisschen Anstand. Hol die Vanillecreme, sie ist unsere letzte Hoffnung.“

„Wo ist die Vanillecreme?“, fragte ich Orville und Jatinder.

„Welche Vanillecreme?“, sagten sie.

Sie hatten keine mitgebracht. Ich hatte wohl vergessen, die zweite SMS abzuschicken. Keine Vanillecreme. Wir sind verloren.

Ich schicke Dir diese Nachricht aus meinem Zimmer, wo ich gerade die letzte Dose Vanillecreme hole. Als ob das noch etwas nützen könnte! Du hörst wahrscheinlich nie wieder von mir.

Liebe Grüße an alle meine Mütter,

Flup

MISSION ERDE: IMMER NOCH TAG NEUN FREITAG

Rokko,

nachdem ich Dir meine letzte Nachricht geschickt habe, beschloss ich, dass ich mein Bestes tun musste, um Susan zu retten – ganz gleich, wie unmöglich es mir erschien. Mit der Dose Vanillecreme in der Hand stürmte ich zurück in den Garten.

„IHR SEID ALLE LÜGNER UND BETRÜGER, DIE SICH NICHT AN IHRE VERSPRECHEN HALTEN, IHR PINKFARBENEN JAMMERLAPPEN!", schrie ich zum pinkfarbenen Wiffel-infizierten Himmel hinauf.

„Blas ihnen den Marsch, Norman!", sagte Orville Muffin. Der Rest der Klasse stimmte ihm murmelnd zu.

„Ich verlange, die Geisel zu sehen!", rief ich.

„NA SCHÖN, HIER IST SIE“, ertönte eine Stimme aus dem Inneren des vordersten Raumschiffs. Sofort verstummten alle anderen Wiffel-Biffel. Das Raumschiff setzte zum Sinkflug an. Eine zweite Luke öffnete sich und gab den Blick auf Susan frei, die an einen Pfahl gefesselt war.

„WIE IHR SEHT, HABEN WIR SIE ZUM ABEND-
ESSEN EINGELADEN. UND SIE WIRD DIE
MIT BAISERTÖRTCHEN UND AAL IN ASPIK
GERÖSTETE HAUPTSPEISE SEIN, WENN IHR
UNS NICHT BIS MITTERNACHT DEN GESAMTEN
WELTVORRAT AN PAPPKARTON ÜBERGEBT.“

Wir hielten alle vor Entsetzen den Atem an. Susan hob tapfer das Kinn. Dann passierte etwas Unglaubliches.

Zuerst war ein Quieken zu hören, dann ein Trompeten, dann ein Zischen und dann ein Brüllen. Susans Rucksack fing an, sich auszudehnen. Er wackelte und wabbelte, als würde er zum Leben erwachen. Die Wirkung des Schrumpfers ließ nach. Die Tiere nahmen wieder ihre normale Größe an!

Susans plötzliches Wachstum verwirrte die Wiffel-Biffel. Das war genau der richtige Augenblick für meine besten *Fabuul*-Tricks, bevor die Zootiere ihre volle Größe erlangen konnten. Ich drückte mich kraftvoll vom Boden ab, kletterte steil nach oben, streckte drei Fangarme aus, schlang sie um Susan, tauchte nach links ab, um einer unerschrockenen Schwadron Wiffel-Biffel auszuweichen, drehte scharf ab und landete im selben Moment, als der Rucksack so groß wurde, dass selbst meine Fangarme ihn nicht mehr umschlingen konnten, neben meiner jubelnden Klasse.

Der Kopf eines kleinen Tigers tauchte auf, dann der eines Elefanten und schließlich der einer Giraffe. Und dann schien Susans Mantel kurz vorm Explodieren zu sein! Obwohl wir die Zootiere ein paar Stunden vor den Bauernhoftieren geschrumpft hatten, wuchsen diese jetzt offenbar fast genauso schnell. Denn schon kurz darauf kamen die Kühe, Schafe und Schweine zum Vorschein. Sie plumpsten in Kätzchengröße aus Susans Taschen und waren in Sekundenschnelle wieder so groß wie sonst.

Die Tiger knurrten und fletschten riesige Schneidezähne. Die

Giraffe überlegte, ob sie die Fernsehantenne der Snells fressen sollte, entschied sich dann aber dagegen.

Annie Spratt überraschte uns alle, als sie auf den Rücken des Pferdes sprang, im Garten herumgaloppierte und schrie: „Juchu, das wollte ich schon immer mal machen!" Leider sauste das Pferd geradewegs in die Verbesserungsmaschine.

Die ganze Klasse kreischte, als etwas, das halb Pferd, halb Annie war, aus dem Ausstoßschacht geschossen kam.

Eine Medusafrisursträhne, die man hier, wie mir jetzt bewusst wurde, als „Schlange" bezeichnet, schlängelte sich um das Bein der Milchmann-Freundin. Sie schrie so laut auf, dass Furzina und ich einen guten Erdenmeter in die Luft sprangen. Ich bin noch nie so erleichtert gewesen, dass wir alle eine Extra-Dosis *Koz* zu uns genommen hatten.

Aber dann ertönte wieder die Stimme:

„VERGELTUNG FÜR DIE RETTUNG DER GEISEL FOLGT GLEICH NACH DER PAPPKARTON-PAUSE. BLEIBT, WO IHR SEID. IHR WERDET SCHON BALD HÄPPCHEN SEIN."

Die Wiffel-Biffel fingen wieder an, mit dem Pappkarton zu kuscheln und ihn liebevoll an sich zu drücken. Sie waren *wirklich* verrückt nach Karton. Mittlerweile wimmelte es im Garten nur so von Wölfen in Lebensgröße, die Orang-Utans anknurrten, Erdmännchen, die sich vor stoppeligen Stachelschweinen auf die Hinterbeine stellten, Schafen und Hühnern, die sich hinter Bäumen versteckten, Kühen, die über ihre Verdauung klagten, Elefanten, die Löwen in die Lauscher trompeteten, dicken, pelzüberzogenen Erdlings-Verbesserungsmaschinen-Exemplaren, die schreiend herumrannten, Adlern, die auf Wiffel-Biffel herabstießen und beim Anblick ihrer scharfen Schneidezähne abdrehten, und Pinguinen, die zu der pinkfarbenen Horde über ihnen aufblickten und rücklings umkippten.

„Oh, nein", sagte Susan und klammerte sich an mich. „Wer wird uns zuerst fressen, die Tiere oder die Wiffel-Biffel?"

Papa schrie nach allen Richtungen Anweisungen, und Mama nickte zustimmend, aber bei all dem Krach beachtete sie niemand. Es war schmerzhaft anzusehen, Rokko, aber irgendwann kommt die Zeit, wenn Dir klar wird, dass Deine Eltern nicht alles unter Kontrolle haben.

Über dem ganzen Lärm konnte ich ein Kläffen hören, das die Ankunft von Pluckis Welpen ankündigte, sowie das Piepen des furchtlosen Berts. Ihr Erscheinen versetzte die Tiere augenblicklich in Angst und Schrecken (obwohl Roboter und zweiköpfige Welpen in unseren Glupschern ein völlig normaler Anblick sind). Sie wichen knurrend zurück, krochen übereinander und schlugen um sich. Detlef, der Löwe, stieß mich beinahe auf den Komposthaufen, so eilig hatte er es, davonzukommen.

„'tschuldige, Kumpel", sagte er zu mir, „aber das ist der reinste Albtraum hier. Da hatten wir es im Zoo besser. Erst tauchen pinkfarbene Vögel auf, die wie ein kleiner Imbiss aussehen, aber schärfere Zähne haben als meine Frau, und dann auch noch Monster mit zu vielen Beinen und Köpfen und blitzenden Lichtern. Ich bin zu alt für diesen Kram."

In dem verzweifelten Versuch, einen herannahenden Elefanten zu verscheuchen, schnappte sich Colin Snell die einzige Dose Vanillecreme, die ich noch hatte, und warf sie ihm an den Kopf. Sie prallte einfach ab, der Elefant trat drauf und ein Strahl Vanillecreme spritzte in die Luft.

Das hatte eine erstaunliche Wirkung, Rokko. Die Wiffel-Biffel hörten sofort auf, mit dem Pappkarton zu kuscheln, erstarrten und ließen ihre Glupscher ängstlich hin und her schnellen.

Da fielen mir wieder Mamas Vanillecreme-Teebeutel-Kuchen ein, die die Erdlinge unverschämterweise nicht hatten essen wollen. „Holt die Kuchen!", schrie ich und schnappte mir die zerdrückte Dose. Roddy, Aaron Ratchet und Jatinder kamen mit einer ganzen Ladung Vanillecreme-Kuchen herausgestürmt und bombardierten die Wiffel-Biffel damit.

Aber sie waren nicht wie die Vanillecremetorten in dem alten Film. Sie waren kalt und steinhart und schienen den Wiffel-Biffeln kaum etwas auszumachen.

Ich zeigte Furzina die Vanillecreme-Dose. Etwa zwei Millimeter Vanillecremereste waren noch drin.

„Können wir daraus mehr machen?" Ich war der Verzweiflung nahe.

„Aber sicher“, erwiderte sie und brachte die Dose zur Verbesserungsmaschine, so als wäre sie die wertvollste Sache des Universums. Was sie ja auch war.

Die Wiffel-Biffel formierten sich neu zu ihrem letzten Angriff …

„HIER SIND WIR SO PINKIWINKI
SCHNELLER ALS DER TINKIWINKI,
SABBERN LAUTER SCHLABBBER-WABBER,
FRESSEN ALLES SABBER-SCHLABBER,
WEHE DEM, DER WIFFEL AUSLACHT,
DEN HOLEN WIR IN FINSTRER NACHT.“

Die Verbesserungsmaschine vermehrte die Vanillecreme. Sie sprudelte in einer Flutwelle aus dem Ausstoßschacht heraus und verwandelte den Garten im Nu in einen pappigen, gelben Teich.

Der Elefant saugte die Vanillecreme auf und spritzte einen Schwarm Wiffel-Biffel damit voll. Im nächsten Augenblick waren sie kahl und bibberten am ganzen Körper.

„Miese, miese Vanillecreme“, brüllte Furzina.

Um zu sehen, wie die Vanillecreme den Wiffel-Biffel trifft, musst du die Seite auf dich zubewegen, bis dein Rüssel den Planeten berührt.

„WER WAGT ES, UNS VANILLECREME
ZU NENNEN?“

Alle Wiffel-Biffel fielen mit dem Gesicht nach unten zu Boden, schlugen ihre glitzernden Flügel und sangen:

„HERRSCHER ÜBER ALLES,
SO WEIT SEIN AUGE REICHT,
GEBIETER ÜBER ALLE GEBIETER,
BRÖTLI ALLER BRÖTLI, WIFFEL DER BIFFEL.
ERZITTERT VOR ANGST,
ERBLEICHT VOR SCHRECK,
DENN IHR HABT SEINE WUT ENTFACHT.
ER IST DER HÖCHSTE DER HÖCHSTEN,
DER GRÖSSTE DER GRÖSSTEN,
DER GIGANTISCHSTE
DER GIGANTISCHSTEN,
SEINE KÖNIGLICHE RIESIGKEIT.“

Eine goldene Plattform mit niedlichen Verzierungen schoss aus der Luke des vordersten Raumschiffs. Eine winzige, flauschige, pinkfarbene Kreatur, die eine Menge Medaillen und eine Schirmmütze trug, trat auf die Plattform und quiekte:

„ICH BIN WOFFEL-BOFFEL,
ANFÜHRER DER WIFFEL-BIFFEL
VOM PLANETEN BOFFEL-WOFFEL.“

Es begann mit einem leisen Gickeln von Orville, Jatinder und Aaron, schwoll zu einem lauten Kichern an und explodierte in schallendes Gelächter, als noch andere mit einstimmten. Kurz darauf kugelten sich alle vor Lachen am Boden.

Woffel-Boffel versuchte erfolglos, sich aufzublähen.

„WER WAGT ES, WOFFEL-BOFFEL
ZU BELEIDIGEN! WIR HABEN HUMOR
AUS DEM UNIVERSUM VERBANNT!
VERSCHWINDET! HÖRT AUF DAMIT!“

Er legte sich die Flügel über die Ohren, aber das Gelächter wurde immer lauter.

„Das ist es! Natürlich! Sie können Gelächter nicht ausstehen!“, rief Furzina und sprang aufgeregt auf und ab.

Die Wiffel-Biffel fingen an zu schrumpfen, und ihr flauschiges, pinkfarbenes Fell wurde immer blasser und blasser, bis sie wie welkes Laub in den Vanillecreme-Teich fielen.

Eine Sekunde später hatten alle übrigen Wiffel-Biffel die Flucht auf ihr Raumschiff ergriffen.

Die Stimme von Woffel-Boffel war gerade noch so über dem Gebrüll der Tiere zu hören.

„KURT, DA HAST DU UNS WIKRLICH
WAS TOLLES EINGEBROCKT.
DU HAST NIE ERWÄHNT, DASS ES
HIER VANILLECREME GIBT, UND SCHLIMMER
NOCH, DASS DIE ERDLINGE **LACHEN**."

„Er redet mit Kurt, dem König der Schreggs", flüsterte Furzina.

„Oh, mach dir wegen Kurt keine Sorgen", sagte Susan. „Er hat Angst vor Musik. Wahrscheinlich bekommt er sogar bei Kinderliedern Muffensausen."

Und so plötzlich, wie es aufgetaucht war, verschwand das pinkfarbene Raumschiff auch wieder. Der Himmel klärte sich. Die Menge jubelte.

„Ihr werdet uns nie besiegen!", schrie Susan zum Himmel. „Nicht solange wir Musik haben! Und Witze!"

Und in dem jetzt klaren Himmel erblickten wir unser eigenes wohlvertrautes Raumschiff mit Flugzulp am Steuer. Wir hörten herannahende Sirenen.

„Erdlingspolizei", piepte Bert. „Mission abbrechen. Können die Tiere nicht nach Faa mit-

nehmen. Müssen sie zuerst schrumpfen. In dieser Größe unsichere Reisebegleiter."

Susan kramte hektisch in den Taschen meines Mantels. *Klong* sei Dank, trug sie den Schrumpfer noch immer bei sich.

Es dauerte nur ein paar Sekunden, die Tiere erneut zu schrumpfen, Rokko. Daher kann ich jetzt eine Menge neuer Wesen mit nach Faa bringen. Papa hatte nicht so viel Glück. Es gelang uns, die Wirkung der Verbesserungsmaschine erfolgreich umzukehren, um alle Opfer wieder normal aussehen zu lassen (zumindest so normal, wie Erdlinge je aussehen können). Wir konnten jedoch nicht länger bleiben, um wenigstens ein paar von ihnen zu verbessern.

Wir löschten das Gedächtnis aller Erdlinge. Sie sagten, sie hätten viel Spaß gehabt und wären eigentlich ganz froh darüber, so zu bleiben, wie sie sind. Und Susan und Roddy halfen mir dabei, alle jetzt winzig kleinen Tiere einzusammeln.

Als Flugzulp zum Landemanöver ansetzte, bemerkte ich, dass Annie Spratt immer noch halb Mädchen, halb Pferd war und hinter dem Schuppen graste. Furzina meinte, ich sollte sie schrumpfen und mit nach Hause nehmen.

„Ist das nicht der Zentaur, den du dir immer gewünscht hast?“, fragte sie.

„Was fällt dir ein!“, schimpfte Susan. „Ich dachte, du hättest Gefühle, weil du dir die Mühe gemacht hast, mich zu retten. Aber in Wirklichkeit wolltest du nur die ganzen Tiere zurückhaben, stimmt's? Und jetzt überlegst du dir auch noch, Annie zu ermorden!“

„Es ist kein Mord“, protestierte ich. „Schau, wie glücklich sie als Zentaur ist. Davor hat sie ständig geweint.“

„Mach das sofort rückgängig, du Monster!"

Da es mir nicht gefiel, dass Susan mich ein Monster nannte, ließen wir das Annie-Wesen gehen. Zum Glück spuckte die Verbesserungsmaschine sie in einem Stück wieder heraus.

„So viel Spaß hatte ich schon seit Jahren nicht mehr", verkündete Annie, als wir auch ihr Gedächtnis löschten.

„Susan, ich mag dich wirklich, weißt du", sagte ich zu ihr, als Annie wieder normal war. „Es ist nur so, dass wir Faadinger kompliziertere Gehirne als Erdlinge haben, und ..."

„Na, vielen Dank auch", erwiderte sie eingeschnappt.

Flugzulp landete Sekunden später, und wir ließen alle kleinen Tiere ins Raumschiff galoppieren. Plucki, seine Welpen und Fifi von nebenan trotteten hinterher. Ich drehte mich wieder zu Susan, um zu sehen, ob ich sie überreden konnte, mit uns zu kommen. Aber ich war bereits dabei, mich zurück in meine Faading-Gestalt zu verwandeln. Sie erschauderte und wich vor mir zurück.

„Es tut mir leid, Norman. Wenn du so aussiehst, kannst du einfach nicht mein Freund sein."

„Aber *du bist* meine Freundin! Und du siehst für mich abscheulich aus!", erwiderte ich, ohne darüber nachzudenken.

„Oh. So denkst du also über mich?", fuhr sie mich an und drehte mir den Rücken zu.

„Ich habe ein Geschenk für dich", sagte ich ihr. „Du kannst es mit Annie und Roddy teilen." Sie blickte sich um.

Ich gab ihr eins der winzigen Pferde. Und den Schrumpfer.

„Wir werden ihn auf Faa nicht brauchen", erklärte ich ihr.

Als ich den Ausdruck in Susans Gesicht sah, gingen mir meine Herzen so stark auf, dass ich dachte, sie würden gleich vor Freude platzen. Aber Flugzulp rief uns zu, uns zu beeilen, und Bert verfrachtete alle im selben Augenblick ins Raumschiff, als die Polizeiautos und Krankenwagen vor unserem Haus eintrafen.

„Vergiss mich nicht, Susan. Ich werde immer dein Freund sein. Und deiner auch, Roddy", rief ich, als sich der Antimaterie-Schild um uns legte.

Meine letzte Erinnerung von der Erde ist ein verschwommenes Bild von Susan und Roddy, die verdutzt dem leeren Himmel zuwinkten. Susan hielt ihr winziges Pferd in der Hand. Ich glaube, das Bild ist verschwommen, weil ich möglicherweise geweint habe, Rokko. Wie seltsam.

„Es ist schon eigenartig, oder“, sagte ich zu Furzina, als wir es uns in der Komfortzone des Raumschiffs bequem machten, „dass diese eigentlich unglaublich dummen Erdlinge zwei Dinge entdeckt haben, die uns nie begegnet sind: Musik und Witze. Und diese beiden Dinge sind stark genug, um die zwei bösartigsten Spezies des Universums zu besiegen.“

„Hmmm“, erwiderte Furzina. „Da ist was dran.“

Und ich bin sicher, dass ich in der Ferne eine Stimme hörte, die sagte:

„HO HAR.
DAS GLAUBST DU VIELLEICHT.
WIR WERDEN WIEDERKOMMEN.
DIE WIFFEL-BIFFEL
SIND WASCHLAPPEN.
DIE NÄCHSTEN VERBÜNDETEN
DER SCHREGGS
WERDEN EUCH ZERSTÖREN.“

Das war's erst mal, Rokko. Wir sausen gesund und wohlbehalten in Deine Richtung. Papa und Bert glauben, dass der Kaiser von allen meinen Tieren sehr beeindruckt sein wird und uns vergeben wird, dass wir ihm keine menschlichen Sklaven mitgebracht haben. Aber ich bin mir da nicht so sicher.

Ich kann es kaum erwarten, Dich wiederzusehen, alter Freund. Es war eine hektische Woche.

Flup

Ein galaktisch-komischer Lesespaß

Ros Asquith
BRIEFE VOM MIESESTEN ORT DES UNIVERSUMS
Aus dem Englischen von Ann Lecker-Chewiwi
192 Seiten
mit zahlreichen Abbildungen
ISBN 978-3-414-82288-8

Fluppipi ist in einer wichtigen Mission unterwegs: Als Schuljunge verkleidet, reist der Außerirdische auf den blauen Planeten, um mehr über dessen Bewohner zu erfahren. Nie hätte er gedacht, dass es in diesem Universum tatsächlich lebensfähige Wesen mit nur einem Kopf und zwei Glupschern gibt. Ohne Antennen, Lichter, Wirbler oder Winker!
Um kein Aufsehen zu erregen, verhält sich Fluppipi erst mal so unauffällig wie möglich. Doch das ist gar nicht so einfach. Erst recht nicht, wenn man keine Ahnung hat, wozu irdische Dinge wie Socken gut sind …

Boje